明
室
Lucida

照亮阅读的人

一个调查记者的三十年

无法忍受谎言的人

[日] 清水洁
Shimizu Kiyoshi 著

伏怡琳 译

騙されてたまるか
調査報道の裏側

北京联合出版公司
Beijing United Publishing Co., Ltd.

图书在版编目（CIP）数据

无法忍受谎言的人：一个调查记者的三十年 /（日）清水洁著；伏怡琳译. -- 北京：北京联合出版公司，2024.10. -- ISBN 978-7-5596-7764-8

Ⅰ．I313.55

中国国家版本馆 CIP 数据核字第 2024DN6548 号

DAMASARETE TAMARUKA: CHOUSA HOUDOU NO URAGAWA
by SHIMIZU Kiyoshi
Copyright © Kiyoshi Shimizu 2015
Original Japanese edition published in 2015 by SHINCHOSHA Publishing Co., Ltd.,Tokyo
Simplified Chinese translation rights arranged with SHINCHOSHA Publishing Co., Ltd. through BARDON CHINESE CREATIVE AGENCY, Hongkong.
Simplified Chinese translation copyrights © 2024 by Shanghai Lucidabooks Co., Ltd.,China

北京市版权局著作权合同登记号 图字：01-2024-3627 号
审图号：GS（2024）1357 号

无法忍受谎言的人：一个调查记者的三十年

作　　者：	［日］清水洁
译　　者：	伏怡琳
出 品 人：	赵红仕
策划机构：	明　室
策划编辑：	陈希颖
特约编辑：	刘麦琪
责任编辑：	龚　将
装帧设计：	曾艺豪 @ 大撒步

北京联合出版公司出版
（北京市西城区德外大街 83 号楼 9 层　100088）
北京联合天畅文化传播公司发行
北京市十月印刷有限公司印刷　新华书店经销
字数 129 千字　787 毫米 ×1092 毫米　1/32　8 印张
2024 年 10 月第 1 版　2024 年 10 月第 1 次印刷
ISBN 978-7-5596-7764-8
定价：58.00 元

版权所有，侵权必究
未经书面许可，不得以任何方式转载、复制、翻印本书部分或全部内容。
本书若有质量问题，请与本公司图书销售中心联系调换。
电话：（010）64258472-800

前言

那些我们信以为"真"的东西。

一旦发现它们和事实背道而驰,或者意识到有人撒谎欺瞒,我们往往会感到非常震惊。那些我们给予信任的人或组织,如果他们为了一己之私,为了明哲保身,故意歪曲事实,隐瞒真相……

更有甚者。

警察或检察机关捏造构陷,国家机器散布谣言,法院做出致命的误判,存在于政治幕后的利益勾连,隐瞒核电站事故的真相,媒体虚报假消息,等等。

不只是这些,另外还有电信诈骗、可疑的宗教宣教、动机不纯的投机集资,以及存在安全隐患的伪劣产品,这些危险时时刻刻潜伏在我们的生活当中。

何为真,何为假?要想明辨真伪极其困难。和人相处,如果总是疑心重重,势必也会消耗自身。但如果彻底停止怀疑,又难保不会被卷入突如其来的灾难之中。很不幸,这就是我们所处的时代。

我不愿让自己在事后追悔莫及。

全盘接受真伪不明的消息最终上当受骗,或者眼睁睁地看着事实真相没入黑暗而缄口不语,这些我绝对做不到。

这也正是我身为"记者"的初心。

从报纸,到周刊,再到电视,我从事新闻报道已有三十余载。案件、事故、灾害……看了太多直接关乎人命的事例。

我一次次前往事发现场,用自己的眼睛确认情况,竖起耳朵倾听那些几乎要被抹杀的声音。就因为这样,我也曾陷入孤立无援的境地。即便如此,我能够相信的依然只有自己的采访。

我曾经遇到过一起杀人案,警方玩忽职守、侦查不力,我对他们产生了怀疑,于是一路坚持独立调查,最后比警方更早地锁定了杀人犯。(桶川跟踪狂杀人案)

另外也有反其道而行的。案件原本已经盖棺论定,但我怀疑是冤案,于是坚持采访报道。经过再审,原本

被判无期徒刑的服刑犯最后被改判了无罪。(足利女童失踪案)

我与杀人犯当面斗智的经历也不止一次两次。我曾为了追踪一名抢劫杀人犯而跨越半个地球,当我质问对方"你是不是真的杀了人"时,到底也在心里为自己捏了一把汗。

我曾在劫机现场撒腿狂奔,也曾追踪过朝鲜绑架日本人事件;我曾被天才骗子唬得团团转,也曾和难缠的"对手"——法律规定的"追诉时效"——斗智斗勇。

◆ ◆ ◆

经常有人问我:"你为什么能写出那样的报道?"

其实答案很简单:

因为不合理的,就是不合理。

仅此而已。

无论是警方公布的消息,还是法院做出的判决,抑或媒体发布的报道,这一点全部适用。

我最痛恨的就是"道听途说"。

用自己的眼睛看,用自己的耳朵听,用自己的头脑思考分析。

一路走到今天，我所奉行的信条不过如此。

当然，最终责任也会落到自己身上。万一失败，不可能推脱给别人。"我是不是想错了？"这样的疑虑时时刻刻如影随形。为了尽可能地降低哪怕一丝误报的风险，我只能展开更多调查，取得更多佐证，一而再，再而三地深入采访。

对我而言，所谓"调查报道"就该如此。

对普通人来说，这个词或许还有些陌生，我将通过正文中的采访案例向大家展示什么是"调查报道"。写作本书，正是为了讲述调查报道幕后的故事，让更多人了解追寻真相的过程。

♦ ♦ ♦

近年，媒体报道正在逐渐失去国民的信任，关于这一点甚至都没有必要举例说明。许多人就媒体的采访方式和误报提出了严厉的批评，甚至有网民把媒体揶揄为"霉体"[1]。坦白说，就连长年浸淫其中的我，都不太喜欢这

---

[1] 为配合中文阅读习惯，此处采用转译的手法，原文是将"マスコミ"（媒体）揶揄为"マスゴミ"，"ゴミ"意为垃圾。——本书注释均为译者注

个行业现在的样子。

而另一边,国家却把国民对媒体的不信任看成绝好的机会,一点一点地钳制媒体。比如,巧妙地利用"记者俱乐部"进行信息管制,打着"保护机密"等各种幌子对采访施加种种限制。不仅如此,政府甚至企图将魔爪伸向限制权力暴走的《日本国宪法》,对其进行有利于政府的解释。一旦媒体失去言论自由,监督职能退化,那么就只有对掌权方有利的信息才能见诸报端,对其不利的事实都将遭到封印。

我相信,能够与这一局面进行对抗的最后一座堡垒正是"调查报道"。

这一点不仅适用于媒体。身处当今时代,我们每一个个体也必须具备同样的能力。前文已经提到,我们永远都不知道身边潜藏着什么样的罪恶。

用自己的眼睛看。

用自己的耳朵听。

用自己的头脑思考分析。

这三句话说出来或许让人觉得平平无奇,但我们别无他法。

这正是我们身处这个时代必须安装的"雷达"。面对过度泛滥的信息,我们不能没有一座"防波堤",千万不可任由自身被浪潮席卷吞没。基于自己的判断，分辨"何为真，何为假"，这一点至关重要。

希望这本书能为此提供一份助力。

目录

第 一 章　岂能被谎言蒙蔽……………………001
　　　　　——赴巴西追踪抢劫杀人犯

第 二 章　被扭曲的真相…………………………031
　　　　　——桶川跟踪狂杀人案

第 三 章　何为调查报道…………………………061

第 四 章　不合理的就是不合理…………………067
　　　　　——足利冤案

第 五 章　为何需要调查报道……………………109

第 六 章　现场超越思考…………………………129
　　　　　——函馆劫机事件

第 七 章　倾听"弱小的声音"…………………143
　　　　　——群马电脑数据丢失事件

第 八 章 "取证"是报道的命脉 **151**
　　　——采访"三亿日元抢劫案罪犯"

第 九 章 破解谜团 **167**
　　　——朝鲜绑架日本人事件

第 十 章 时效为谁而存在 **185**
　　　——逍遥法外的杀人犯

第十一章 正面出击 **197**
　　　——北海道图书馆员工遇害案

第十二章 官方发布夺走生命 **211**
　　　——太平洋战争

后记 **239**

第一章

岂能被谎言蒙蔽

——赴巴西追踪抢劫杀人犯

"你是不是真的杀了人?"

"……"

"你不打算回日本向警方自首吗?"

面前的男人身材魁梧,身高远超1.8米,我仰起头看着他,一遍遍重复着常规采访不可能问出的问题。对方是一名逃犯,犯了抢劫杀人罪,被全球通缉。面对我的质问,男人微微张了张嘴,但马上又合上了。在这个男人看来,我大概就是一个不速之客,一举摧毁了他平静的生活。或许这个时候他正在绞尽脑汁地盘算:"怎么才能甩掉这个烦人的家伙。"

在我面前,男人的臂膀粗壮得就像一截树干,手上布满了汗毛,微微抖动。难道就是这双手,为了那一点微不足道的金钱,居然残害了一个无辜的人?

这里是一座位于山间的小镇,这一幕发生在一条石板路的十字路口。这一天,天空湛蓝高远,远得不太真实,风冷冷地刮在脸上。而我身处的地方,远在地球的另一端……

◆ ◆ ◆

2006年春,我跨越了1.8万公里的距离,目的地是巴西。我的任务,就是追踪采访在日本犯案后远走高飞的日裔巴西人。

案件发生在静冈县。和群马以及爱知等县一样,静冈县也有许多日裔巴西人来这里务工[1]。他们中的大多数人性情温厚、认真负责,在当地口碑不错。可遗憾的是也会有那么几匹害群之马,甚至有人触犯法律。

---

[1] 1868年日本开始"明治维新",放开土地私有化,大量农地被新兴财阀和政治贵族收购,导致许多农民沦为无业游民,引发一系列社会问题。同一时期,南美国家巴西刚刚独立,人口稀少,以大种植园经济为支柱,但又因为废除了奴隶制而出现严重的劳动力缺口。在此背景下,日巴两国签署了《日巴修好通商航海条约》,在日本政府的组织下,先后开启五次移民潮,总计上百万日本人在巴西落户扎根。因为这段历史,巴西拥有约二百万日裔人口,现在有众多日裔巴西人前往日本务工。

有些家伙甚至没有认罪伏法便逃离了日本，简直不可饶恕。

案件一　桧垣·弥尔顿·升

1999年7月，静冈县滨松市。

16岁的女高中生落合真弓走人行横道线过马路时，被一辆高速驶来的汽车撞飞，当场身亡。开车的是日裔巴西人桧垣·弥尔顿·升。他在案发四天后逃离了日本。

警方收缴了弥尔顿驾驶的黑色车辆。前照灯碎裂，引擎盖大幅扭曲，挡风玻璃上布满了裂痕，就跟结了一张蜘蛛网似的。

我走访了女高中生的家人，她的母亲已经因病过世。她的父亲一个人，住在一间一室户的公寓里，家具和各种杂物塞满了整个房间。他每天都要对着母女二人的遗像说话。

案件二　帕特里夏·藤本

2005年10月，令人痛心的事故再一次发生。

在静冈县湖西市的一个路口，两车相撞，车上一名年幼的女童不幸丧生。这一天，一家人带着年仅2岁的山冈理子一起外出吃午饭。车上坐了四个人，说好去吃意大利面。母亲开车，理子当时话还说不利索，据说她一路都在欢快地嚷嚷着"意它利面，意它利面"。

路口的信号灯是绿色。突然，一辆轻型汽车[1]从左边的斜坡冲了过来。面包车侧面遭到猛烈撞击，翻倒在地。坐在后排的理子被抛出车外，当场死亡。

驾驶肇事车辆的是第三代日裔巴西女子，帕特里夏·藤本。虽然事发后，警方勘验现场时她也在场，但之后她连一声道歉也没有留下就离开了日本。据说，帕特里夏对工作单位也没有说实话，直接带着孩子和她的父亲销声匿迹了。她住的公寓里留下了大量私人物品。在她逃亡后，警方以"业务过失致人死亡"的罪名发出了逮捕令。

理子生前特别喜欢凯蒂猫，她的遗像周围摆满了凯蒂猫。

"孩子才2岁就死了，她甚至还不知道死是怎么一回事……肇事人乱闯红灯，过失在她，真的很希望她至少

---

1 指车身长、宽、高分别不超过3.4米、1.48米、2米，且排量在660cc以下的小型车辆。

能道个歉。"

理子的双亲说这话时浑身颤抖,满腔愤怒无处发泄……

案件三　阿尔瓦伦加·温伯托·何塞·元

同样是2005年,11月,还是在滨松市。

一家小餐馆的店主(遇害时57岁)遭人杀害。凶手深夜进店,假装是客人点餐吃饭,然后袭击了店主并将其勒死。店里四万多日元的营业款不翼而飞。警方根据目击信息和现场留下的指纹锁定了嫌疑人——一个名叫阿尔瓦伦加·温伯托·何塞·元的男人(案发时34岁)。他在日本生活了十多年,但就在案件发生的四天后,逃离了日本。

我拜访了案发的小餐馆。

餐馆门口挂着一块招牌,写着"餐饮 & 咖啡"的字样,正门做成仿红砖拱门的样子。如今,餐馆没有了主人,大门紧闭。进到里面,桌子一角放着被害人的遗像。照片里的男人穿一身西服,看上去正直可靠。

"我爱人总会给我们做很多好吃的。每年圣诞,他都会做烤全鸡。大家年年盼着吃他做的烤鸡,可现在……自从出事以后,我的生活彻底变了,就像掉进了一个不幸的深渊。怎么就碰到这种事了呢……"

说到这里,店主的妻子再也说不下去了。

她翻开女儿供在遗像前的相册给我看,拍的都是店主生前烹饪的美味佳肴。有开胃前菜,有沙拉,还有汉堡肉排,每一道都做得很用心,装盘也非常考究。被害人勤勤恳恳工作到深夜,讽刺的是,他这辈子亲手做的最后一道菜,竟然是给杀害自己的凶手吃的,据说是一盘牛排。

厨房是被害人平时工作的地方。事发当晚,煤气灶的阀门全都开着,旁边有一本烧焦的杂志。想必是凶手布下的机关,盘算着在他走后让着火的杂志制造一场火灾来销毁证据。幸好煤气防泄漏装置自动切断了供气,避免了爆炸。万一装置没能启动,住在餐馆二楼的店主的家人都有可能遭到牵连。煤气灶的阀门栓上留下了凶手的指纹,采访时上面还残留着警方取证的痕迹,在昏暗的灯光下泛着一层朦朦胧胧的光。

静冈县警方请求国际刑警组织(ICPO)协助破案,但问题是日本和巴西之间没有签订罪犯引渡条约(我采访本案时,日本只和美韩两国签订了这份条约)。退一步讲,即使日巴两国签订了引渡条约也没有实质作用,因为巴西的宪法禁止向他国引渡本国公民。所以,尽管警方已经锁定了嫌疑人,可日本司法界还是无能为力。日裔巴西人可以申请"定住者"签证[1]来到日本居住,可是在他们触犯法律逃亡后,日本却对他们束手无策,这实在叫人愤然且难以释怀。

决不容许"逃亡即胜利"

一场场事故,一起起案件,被害人无辜丧命,罪犯却逍遥法外。

我的想法非常简单。

逃亡即胜利,这样的做法决不容许。

当法律和司法机关无可作为的时候,新闻媒体才更应该证明自身存在的意义,难道不是吗?所以我决定,追查这三名逃犯的行踪。可我并不知道这三人在巴西的住址,甚至都不能肯定这三个嫌疑人逃离日本之后是否真的回到了巴西。

警方不再调查,自然不会发布警情通报。一切只能靠自己从头查起。

---

1 滞留日本的一种签证类型,通常发放给日本人的配偶,或者已经取得定居资格的外国人的配偶及子女。考虑到历史原因,日本政府对日裔巴西人给予优待,向他们特别发放"定住者"签证。

我工作的电视台在巴西当地没有分部。因为毫无"胜算"，我甚至没有资格请求台里派一名摄影师同行。临行前能够准备好的，只有葡萄牙语翻译、摄像机和廉价机票。尽管这样，我还是申请了"采访签证"。考虑到这次采访可能会波及两国邦交，所以不能顶着旅行签证的名义进行。可是，如果我据实相告，在申请表上写什么"追踪采访逃犯"，对方很可能会拒签。迫不得已，我只能用"追踪采访来日务工人员归国后的近况"的名义申请了签证。至少，我没有撒谎。

对象是正在逃亡的罪犯，采访必须慎之又慎。

过去，也有犯下重罪的日本人逃亡到巴西。1979年，爱知县发生过"丰桥连环骗保杀人案"，一家运输公司的总经理和董事给员工等三个人买了保险，然后伪装成车祸等事故杀人骗保。总经理和另一名主犯赶在警方逮捕他们之前，逃到巴西藏了起来。没多久，圣保罗州警察发现了两人的行踪，把他们包围了。结果两个男人持枪反击，据说枪击场面相当激烈。最后，两人走投无路，用手枪自杀，结束了这场逃亡。

罪犯本以为自己已经"逃脱了法网"，可当他发现"天网恢恢，疏而不漏"的时候，我们很难预料那一刻他会如何铤而走险。所以为防不测，行动的时候必须非常谨慎。

组建跨国媒体采访小组

目之所及是一片黑暗。

我在座位上把脸贴到椭圆形的舷窗上，试着朝下面看，还是一片漆黑。

除了一闪一闪的指示灯，什么都看不见。飞机此刻似乎正位于亚马孙丛林的上方。

读书灯的光束聚在小桌板上，我把几张照片放在了上面。

第一张照片里的男人有两道浓眉，和一双很温柔的眼睛，他就是因为抢劫杀人而被通缉的阿尔瓦伦加·温伯托·何塞·元。接着是一个年轻男人和一个年轻女人的照片。此时此刻他们究竟在哪里，在做些什么？我几乎毫无头绪。我必须从铺展在我眼前的这片大地上把这三个人找出来。

真的能找到吗？

这次飞行单程二十四个小时，中途在美国达拉斯转机。我只能缩在挤得像船底一样的经济舱座位上，死死盯着三个人的照片，制定一份似乎可行的作战方案……

飞机降落在了巴西最大的巨型城市圣保罗。

在这里，各色人等来来往往，大街上汽车喇叭此起彼伏。我和翻译一起钻进了一辆出租车，先去了当地一家拥有一定规模的电视台。我在前台出示了护照，要求和新闻类节目的负责人会面。出来接待我的人相当于日本媒体报道局局长的级别。他笑着跟我握手，听我说明了来意。

我告诉他："我来自日本，也在媒体工作。这次正在采访的一系列事件很让人遗憾。有几个从贵国到日本务工的人，在日本犯事后逃跑了。这些事件得不到解决，被害人的家属天天以泪洗面……"

我说明了前来采访的目的，并提出：为了维护日巴两国的友好关系，能否请贵方提供协助？不用说，这些话都经由翻译传达。

我有我的胜算。

假如我和他易位而处，迎来这样一个来自海外的"稀客"，想必我一定会回答说："没问题。这对我们来说也一样是大新闻。我们愿意尽可能地提供协助。倒也不是说要什么回报，不过希望您也能接受我们的采访。"

好了，对方会怎么回应呢？我笑容满面地盯着他的眼睛，默默在心里发送强力的意念：鸭子背着葱上门——瞌睡碰着枕头，这可是一个不错的选题哦。

结果，正中我下怀。

要怎么处理这种情况，电视台熟门熟路。转眼间，在场的工作人员一齐扑向电话机，开始大声打起了电话。不用说，我完全听不懂他们在说些什么，看样子应该是在循着几个逃犯的姓名和过去的住址等几条线索，追查他们现在的住处。

我不经意地抬起头，面前站了一个男人，头戴黑帽，看不出年纪。

看来这位就是我的合作伙伴。男人名片上的名字是"Guilherme Bentana"，本塔纳先生。他双目深陷，浓眉高鼻，那副长相很容易给人留下深刻的印象。这位本塔纳先生将和我一起追踪逃犯的下落。与此同时，他也将跟在我身后开启摄像机，记录下我的身影。

直面枪口

工作人员查到，车祸后出逃的帕特里夏·藤本去日本之前曾经住在圣保罗市内。我们姑且去她原先住的地方碰碰运气。

老住所位于偏离市中心的一片住宅区。白色洋房，围着高高的混凝土墙，很是气派，门前拦着一道格栅铁门。按响门铃后，一个穿白色衬衣、身材发福的男人出现在了门口。

"我是从日本来的,您认识帕特里夏·藤本吗?"我让翻译帮忙发问。男人听后,重复了好几遍"不认识"。他还两臂抱胸,微微歪头反问我:"你究竟要打听什么?"并表示,"跟我没关系,我不懂日语。"无奈之下,我向男人道了一声"奥布里加德"(谢谢),离开了那栋房子。

在车祸中遇害的理子的母亲交给我一封信,是写给帕特里夏的。如果能见到本人,我原本打算转交给她,难道连这个愿望都没办法实现吗?

当地电视台经过一番调查,找到了在滨松撞死女高中生后出逃的嫌疑人弥尔顿·升的住址,同样是在圣保罗近郊。第二天一早,天还没亮,我就和本塔纳还有当地的一名摄影师一起找上了门。

一栋独门独户的小别墅,建在山坡上的住宅区里。院子外面围了一圈铁栅栏,一条黑色大狗在院子里踱来踱去。

男人真的住在这里?我们姑且把面包车停在附近等他现身。即使绕了半个地球,要做的事情还是跟平时一样:盯守。人生还真是莫测。

本塔纳等得无聊了,用英语跟我聊起了天:"我很喜欢日本,想去那个叫浅草的地方看一看。舞伎长得漂亮吗？"我回答说："我都还没亲眼见过呢。"他拿出采访用的笔记本，画了一幅"舞伎"的画。这画实在画得蹩脚。我用手指戳了戳画，问："哥斯拉？"他捧腹大笑。

本塔纳从记事本里取出一张夹在内页的照片拿给我看。

拍照的地方像是一间地下室。房间里光线很暗，阴森森的，闪光灯下映出两个男人。一个是本塔纳。另一个脑袋上罩着一顶三角形的黄色尖顶帽，帽檐一直拉到下巴。这装扮奇特而诡异。帽子上开着三个洞，男人只露出眼睛和嘴巴，完全看不出长相。不过最让人移不开视线的，还是男人手里握着的那把银色手枪，枪口紧紧贴在本塔纳的太阳穴上。被枪口顶着脑袋的本塔纳，脸上的表情像是随时可能要哭，又像是在发笑。

"这个人是黑手党的老大。我试了很多次，终于让他同意接受我的采访。他们蒙住我的眼睛，带我去了他们的窝点，就是照片里这地方。我重见光明时，老大已经在我面前。他拿枪指着我。不过，采访到底是成功了。这照片就是留念。"

本塔纳单手握拳并竖起了拇指，挺起胸膛说了一句"独家报道"。我看着他，不由在想：这男人，看来平时没少做这些以身犯险的采访。

就在我们聊得正投机时，一辆车体上喷涂得五颜六色、异常招摇的白色汽车，飞快地冲上坡道朝我们开来。是巡逻的警车，不偏不倚地停在了弥尔顿·升的家门口。我原以为这些警察是来抓捕这个被国际通缉的男人，所以赶紧拿起摄像机随时准备冲出去。可没想到警察们端起枪并收缩包围圈的对象，竟然是我们这辆面包车。

这一次不是黑手党，而是警察把枪口对准了我和本塔纳。我悄悄打开了摄像机，向警察出示护照等身份证件，并就情况进行了说明。事实证明，申请采访签证是一个明智的决定。

目睹这场混乱后，弥尔顿·升的妻子从房子里走了出来。经过翻译，我才知道是她叫来的警车。她报警说："有一辆来历不明的车一直停在我家门口。"看来这片地区本来治安就有问题，当她得知我们为媒体工作时，似乎松了一口气。她虽然表示"不能让你们见弥尔顿·升"，但还是接受了我的采访。可问题是，如果弥尔顿·升向妻子隐瞒了在日本"肇事逃逸"的事实，那就不能经由我的口告诉她这件事。这是我的采访原则，毕竟他的家人是无辜的。

不过，弥尔顿·升的妻子非常坦率地告诉我们："在日本发生的事，我都听说了。"

她边说边大幅度地用肢体动作比画着:"他承认开车撞了人,从事故现场逃逸。这些事情他全都告诉我了……"

据说,弥尔顿·升在撞死人逃回巴西的三个月后和她结了婚。现在,两个人已经有了孩子,生活过得幸福美满。我虽然感到内心的某个角落情绪汹涌澎湃,但还是努力保持冷静,告诉她被害人的父亲现在一个人住,生活过得孤苦无依。然而,她对此不以为意,说:"这不关我们的事。"

当我问她"弥尔顿·升对事故有什么感想"时,她瞪大了眼睛,对着天空摊了摊手,声音越发尖锐:"他可担心了。害怕遭到上帝的惩罚,让我们的孩子也跟被害人一样死于非命。"

原来逃犯根本不在乎被害人,只关心他自己或家人是否会遭天谴。

被糊弄了!

这一天,我们发现了一件完全不曾料想到的事。

前天走访帕特里夏·藤本的旧住所时,出来应门的那个发福的男人其实是她的父亲。帕特里夏和父亲一起从日本逃回了巴西。而且根据我打探到的消息,她父亲在滨松生活时也会说日语。

被耍了……

我们再次前往帕特里夏的住所。因为有弥尔顿的事情在先，我心头已经积起一股怒气。带着这股怒气，我再次按响了门铃。没多久，那个发福的男人，即帕特里夏的父亲，优哉游哉地出现在格栅铁门的另一边。

"藤本先生，你其实会说日语吧？"我忍不住高声质问，可对方一味装傻，隔着铁门吐出一串葡萄牙语。这根本不能算是对话。在房子门口，两种语言你来我往，激烈交锋。

我说："山冈夫人有些话要我转达，可不可以好好谈一谈……"

我把手伸进铁门的空隙，想要把山冈夫人托我转交的信递过去。可是男人对我的话置若罔闻，嘴里不知吼了一句什么，砰的一声关上了里侧的木门，再也没有露面。我抬头看去，发现二楼房间的窗户开着。难道帕特里夏本人也在家？

回来之后，我让人翻译了摄像机记录下的对话。帕特里夏的父亲对我吼的那句话是："去死吧！"

理子母亲托付给我的那封信仍旧留在我的外套口袋里，终究没能转交出去。信里写了这样一段话：

"帕特里夏：你现在心里在想些什么？你和我一样，也是一位母亲，想必也一样会感到痛苦。我相信你会的。如果你多少也觉得自己做错了，请站出来公开道个歉……"

与抢劫杀人犯当面对质

因为抢劫杀人而被通缉的阿尔瓦伦加·元又身在何处呢？

随着调查不断深入，我们寻获了一些蛛丝马迹，找到了这个男人出生的地方。虽然不能确定他现在就在那里，但手上已经没有其他线索。于是我从圣保罗出发，坐巴西国内航班飞去了主要城市贝洛奥里藏特。

我们在机场包了一辆车。公路穿过牧场，越过农田，笔直延伸，看不到尽头。我们的车在路上飞驰了大约四个小时，来到一座名叫里奥卡斯卡的山区小镇。这里就是阿尔瓦伦加·元的家乡。

小镇有一万五千人口。听司机说，这一带治安不太好。住在这里的人相互之间几乎都认识，万一被人发现镇上来了一个日本人，恐怕会惹上麻烦。我全部的线索只有一张半身照。条件本来就不利，还不能离开车子，这样子真能找到这男人吗?

鹅卵石的路面凹凸不平,我让司机把车开得很慢,在狭窄的巷子里钻进钻出。一路上,随处都能看到人们在路边或坐或躺。即使是镇上最繁华的地段,路边也只有两排卖日用杂货和食品之类的小店。镇子不大,但我们迟迟没有找到目标人物,唯独时间一分一秒地过去。

转机出现在车子靠近一个十字路口的时候。在一家门面不大的小店门口,一个男人张腿坐着,我的目光瞬间被他吸引。男人穿着一件灰白两色的T恤,宽厚的肩膀几乎要把衣服撑破。小店蓝色的招牌上写着"餐厅",这个词我看懂了。我们在近处停了车,透过贴着深色膜的窗玻璃,我死死盯着男人的脸。

轮廓、眉毛、眼睛、鼻子,还有嘴。

我反复对比着男人的脸和我手里的照片。无论看上多少次,全都一模一样。

就是他。

在日本的餐馆里抢劫杀人的男人,逃回故国后却在餐馆里干起了活。我在车里用摄像机拍下了男人的样子。下一步就是直接采访本人。

案发当晚究竟发生了什么?我面前的这个男人,真的是杀人犯吗？很多事情必须确认清楚。如果犯人真的是他，还要劝他向警方自首。

"好了，行动吧！"我给自己打气，但身体没能立刻做出反应。

我在害怕。

这很正常。我要面对的男人身材魁梧，住在治安恶劣的小镇，而且还是一起抢劫杀人案的犯罪嫌疑人。任何事情都有可能发生。我那位翻译此刻正在后排座位上像只乌龟一样缩着脖子，甚至用两只手挡住了脸。我一时间不知道该怎么办，幸亏本塔纳出手相助。

"OK，我们上。"他像个孩子一般天真一笑，毫不犹豫地拉下了银色的车门把手。

我们在餐馆背后一座小小的环岛边做起了准备。我让本塔纳帮我拿摄像机偷拍，然后在自己胸口藏了一只领夹式麦克风。

至于翻译，没有陪我一起去……

我听人说过，阿尔瓦伦加·元长期住在日本，能说一口流利的日语。但问题是，这种地方按理说不会出现日本人，如果还没开始采访，他就发现了我，搞不好立刻会猜到我的意图。万一他和帕特里夏的父亲一样，只说葡萄牙语抵死不讲日语，那我到最后也无计可施。到时别说采访，就连确认这男人是否真的是阿尔瓦伦加·元本人，都会变得极其困难。

虽然本塔纳可以和这男人用葡萄牙语对话，但如果没了翻译，我和本塔纳之间只能依靠两人都不太靠谱的英语交流，总之情况相当棘手。但话说回来，眼下唯一能依靠的，也只有这个数天前刚刚认识的男人了。

采访现场总是这样。

无论我们怎样愁眉苦脸，没有的就是没有。案件、事故、灾区。没有胶片、没有防寒服、没有水和食物、没有轮班的人……就算这样，这些年我都想方设法扛了过来。

这一次，决不能再被谎言蒙蔽！

我连比带画地叮嘱本塔纳打开摄像机，保持3米左右的距离紧跟在我后面。

我仰起头看着天，做了一次很深很深的深呼吸。

巴西的天空蓝得无边无际，格外美丽。

我追踪一个杀人犯到了地球的另一端，这事说起来本来就已经有些疯狂。我看了一眼本塔纳，刹那间，他被人用枪顶着脑袋的照片掠过了我的脑海。

我迈开步子，踏上了通向那家餐馆的人行道。

到这一步，我已经不能再回头。

我蹑手蹑脚，一步一步靠近那个男人。要走死角。为了不让他发现，我从他视线的死角步步逼近。我心脏的某个部位在微微抽搐。男人庞大的身躯瘫靠在餐馆门前的金属折叠椅上，他整个人正在一点点变大。与此同时，我五感全开，面颊感受着风的吹拂，脚底甚至开始捕捉到路面些微的起伏。

我要让你全都想起来！

想起那家小小的餐馆，想起那些安分守己过日子的人，想起那个为你亲手煎了一块牛排的人。难道他家人的悲叹从来不曾扰动你的内心？难道在遥远亚洲的某个角落，有人天天以泪洗面，你真的可以毫不在乎？

如果真是这样，至少，我也要让你心里颤上一颤。

胜负只在一瞬之间。

当我几乎一伸手就能碰到那个男人时，我往肺里吸进足量的空气，猛一下子招呼道："阿元！"

他似乎吃了一惊，回过头，应了一声："是，是我。"用的是日语。

在这样一座小镇，长相和照片上的人一模一样，而且精通日语，这样的巴西人恐怕找不出第二个。

抢劫杀人犯，就是你！

"我有事要跟你谈一谈。"

"你是哪位？"

不知是不是起了戒心，男人压低了声音。

"我是日本电视台的，从日本来。关于滨松的案子，想找你问一些情况。"

男人突然沉下脸来。

他似乎终于逐渐理解了为什么会有日本人出现在这种地方，也意识到了我的出现意味着什么。

少顷，男人不情不愿地开了口："我们去那边说。"

他指了指远处，从椅子上站起身。椅子腿的金属管在混凝土地面上擦出一阵刺耳的声响。

男人站起来后，身材矮小的我不得不仰视他。我面前的臂膀足有树干那么粗。

男人往周围环视一圈，注意到了我们包的车和其他几个人，说："他们也是和你一伙的吧。我们上那边说。"

男人指着一条从车的方向看不到的小巷让我过去。这可不行。我身上戴的无线麦克风接收范围有限，我不能离车太远。

"就在这里说。"

"不行，不能在这里。"

千辛万苦追踪到的逃犯（作者摄）

我和男人在狭窄的路口你一言、我一语地争执起来，他的同伴似乎察觉到了异样，一个个聚拢过来。留在车里的翻译和摄像师看到这一幕，顿时陷入了恐慌。

车内开着的摄像机录下了当时两人的交谈："不好，危险。""那人要跑。""不能跟过去，太危险了。"

男人把他宽厚的背转向我，抬步要走。

我冲他喊出了自己最应该问的问题："你是不是真的杀了人？"

"……"

"别装傻。我在问你滨松那家餐馆里发生的事。"

男人背对着我，一言不发，迈开了步子。

"你不打算回日本向警方自首吗？"

男人已经打定主意，不管我问什么全都充耳不闻，只是快步离开。

摄像机拍下了整个过程。直到后来我才注意到，他同伴牛仔裤后面的口袋上印出了一个轮廓，看形状像是一把小型手枪。

我们回到车上，开车跟在男人身后。本塔纳打开车窗，大声质问着什么，但男人置若罔闻。他边走边点起一支烟，没多久便溜进了一栋建筑，消失在门后。这时翻译突然惊慌失措地叫嚷起来："那里有警察，我们快跑！"我诧异万分："为什么我们要跑？"翻译解释说："这里的警察是民主警察，受雇于民，可能会扣押甚至逮捕我们。如果不赶快回机场，说不定要被盘问。"

虽然我感到不解，但站在这个国家的警察的角度来看，保护本国公民恐怕要比什么外国媒体的采访更加重要。我取出拍摄卡带藏进鞋子里，离开了小镇。

节目在两国播出

在一片可以俯瞰小镇街区的草原上，我极其难得地手握麦克风录制了一段报道，为采访画上了句点。虽然我不得不说自己深感无力，但在我的能力范围内似乎已经再没有什么可做的了。

回到圣保罗的那天晚上,我和本塔纳在酒店的酒吧喝了一杯。我们一边用叉子吃着肉和豆子做的下酒菜,一边喝着葡萄酒。毫无疑问,这次能采访到犯罪嫌疑人必须归功于这个男人。在那个紧要关头,换了谁都会畏怯退缩,但正是他,就像拍了拍我的屁股一样,主动招呼我勇往直前。对这个男人,我萌生出一种战友般的感情。

他笑着说:"我想去日本看看,有什么好吃的吗?"我回答:"你一定要来,我带你去浅草转转。你听说过烤鸡肉串吗?就是迷你BBQ。"我在餐巾纸上画了一串蹩脚的烤串,笑着和他约定下次再聚。

我回到日本后,告诉静冈县警方找到了一名通缉犯,并汇报了他的具体下落。我还去见了遇害的餐馆店主的家人。她们得知阿尔瓦伦加·元的现状后,含泪诉说了心中的无奈与不甘:"真的很不甘心。明明知道犯人是谁,却不能把他抓起来。怎么会有这种事?!难道就不能想想办法吗?"连声音都在颤抖。

那位因为弥尔顿·升引发的恶性事故而痛失爱女的父亲,在逼仄的公寓里不解地对我说:"怎么会有人撞死了别人,逃到国外,然后自己结婚生子……同样是人,我实在想不通他怎么就能没有一点愧疚地活下去。我接受不了。"

那之后，我还用摄像机记录下了遇害人家属发起的签名活动和集会，并在东京采访了日本外务省官员和巴西领事，希望为解决问题寻找突破口。

我闷头窝在剪辑室，把这些素材整合到一起，做成了新闻特辑和NNN纪录片《潜逃》等节目。

同一时期，本塔纳制作的节目也在巴西播出。我接受了他的采访，还提供了追踪阿尔瓦伦加·元的录像。

第二年2月，阿尔瓦伦加·元被捕了。

巴西当地电视台通过卫星发来了一段视频，记录了阿尔瓦伦加·元被警察带走时的情形。采访那天我看到的那条粗壮的手腕，终于被铐上了手铐。

审判采用受日本委托进行的"代理处罚"的形式。日方要求巴西的检察机关处罚巴西人在国外犯下的案件。巴西检方接到请求后，把静冈县警方提供的侦查材料作为证据，以抢劫杀人和纵火未遂的罪名提起了公诉。

巴西高级法院对阿尔瓦伦加·元下达了判决，判处其34年5个月的监禁。

另外，撞死女高中生后逃逸、担心遭天谴的桧垣·弥尔顿·升，也在终审判决中被判处4年监禁。撞死理子并逃逸的帕特里夏·藤本，也终于在2013年被圣保罗州地方法院判定为过失杀人，处以2年2个月监禁。

三名罪犯潜逃多年之后，终于落入了法网。

面对这样的结果，我们是否能说遇害人家属的声音最终传到了异国他乡？很遗憾，我无法轻率地说出这样的话。因为遇害的人终究不可能再回到案发前的幸福时光。

我只希望，这些逃犯的落网至少能减少一些犯人作案后潜逃海外的现象。

最后的照片

我从巴西返回日本后没多久，那位葡萄牙语翻译给我打来了一个电话。他草草问候了两句之后，便通过听筒往我耳朵里灌进了一个让我极度震惊的消息："听说本塔纳死了……"

翻译的日语带着外国口音，我花了一些时间才终于理解了这句话的意思。

说是死于一场车祸。某一天深夜，在圣保罗市内，本塔纳驾驶的奔驰车以100多公里的时速撞向中央分离带。据说情况很不寻常，本塔纳根本没有踩刹车。

"就像在被什么人追杀一样……"

翻译留下这句话，挂断了电话。

究竟发生了什么……

我脑海中浮现出本塔纳被黑手党用枪口顶着脑袋的照片。

我看了一眼房间墙上挂着的一顶黑帽子。正是那个喝得酩酊大醉的圣保罗之夜，临告别时，本塔纳把这顶帽子扣在了我的头上。帽檐上绣着电视台的名字，侧面贴了一面黄黄绿绿的巴西国旗。作为回礼，我把我那块廉价手表送给了他。他把表戴到手腕上，向我竖起大拇指，会心一笑："奥布里加德！"

我们那天相约"一起去浅草"，这个约定岂不是永远都不可能实现了？

他为什么会死？

我想了解更多关于他的信息，在网上搜了一下，搜出一段YouTube视频，似乎是专为悼念他做的。看来本塔纳身为一名记者，在属于他的土地上享有一定的声望。

视频里，本塔纳在案件或事故现场手握麦克风，一边用手比画，一边语速极快地进行报道。他有时还会把麦克风对准罪犯，甚至从飞机上跳伞空降。镜头记录下了这个男人以"现场"为重，一次一次奔赴采访第一线的身影。视频上打着一行葡萄牙语："知名记者，死于事故"。

YouTube 上还发布了另一段悼念视频，由许多张照片拼接成，以幻灯片的形式播放。视频配了一段悲伤的吉他伴奏作为背景音乐，记录了本塔纳过往的人生和工作。

幻灯片临近结尾时，我的目光死死钉在了一张蓦然出现的照片上。

地点是一片草原。

本塔纳单手握拳，竖起拇指，笑对镜头。

他的另一只手搭在一个人的肩上，而那个人就是我。

这是那天找到逃犯之后拍的，我们在俯瞰小镇的山坡上合影留念。在本塔纳的心里，那一天的经历是否也同样弥足珍贵呢？

第二章

被扭曲的真相

——桶川跟踪狂杀人案

性格使然,我这人无论如何都要深入"现场"进行第一手采访。就像上一章里写的,哪怕远在地球的另一端我也不会退缩,只要有重要的涉事人员在,我就必须一追到底。

我形成这样的采访习惯,源头可以追溯到1999年发生的桶川跟踪狂杀人案。对那起案件的报道可以说是我的起点,它也成了日后人们常说的"调查报道"的成功案例。

那么,"调查报道"和我们日常所接触的"新闻报道"到底有什么区别?我们看报纸或者电视,很少会有报道标注"这是调查报道"之类的字样,对普通人来说,这个词恐怕有些陌生。其实就算纵观各类报道,能够称之为"调查报道"的也是凤毛麟角，大概就跟濒危动物差不多。

在这里，我并不想给调查报道下一个刻板的定义。接下去要讲述的"桶川跟踪狂杀人案"，可以说是对调查报道的一次实践，包含了许多调查报道应该具备的要素。

同时，这起案件也在告诉我们，面对那些"经由新闻报道一度传播给公众的错误信息"，要想站出来澄清"这是错误的""不合理的"，并想要推翻广为传播的流言和定论，是何其困难。

"遗言"

1999年10月，JR高崎线桶川车站前发生了一起令人痛心的案件。

青天白日，在行人如织的人行道上，女大学生猪野诗织（遇害时21岁）被人用刀捅死。有人目击到了犯人：微胖，短发，手握凶器逃离了现场。

我当时供职于照片周刊杂志 *FOCUS*，是一名记者，被指派采访本案。

我前往负责案件侦查的埼玉县警局上尾警署，递上名片后，副署长轻轻瞥了一眼，便歪过头说："没有加盟记者俱乐部的话，我们不能接受采访呢……"

日本的政府机构和警察局等都设有一个叫作"记者俱乐部"的组织，由主流媒体（主要是报社、通信社和电视台）加盟。一方面，机构会在楼里开设记者办公室，为采访提供种种方便，但另一方面，没有加盟的诸如周刊杂志等媒体的记者就会被视为不速之客。只是因为"没有加盟俱乐部"就被拒绝采访，这样的经历对我来说早已经是家常便饭。虽然对方的反应确实在我的预料之中，但我心里还是难以释怀，只能很不甘心地回到了犯罪现场。

不过，讽刺的是这竟然为我打开了通往"调查报道"的大门。当然，那时的我对这一点一无所知。

案发现场位于车站前环岛一角的人行道上，红砖铺地，聚集着警察、媒体和围观的人群。

我双手合十默哀过后，不禁愣在了原地。

究竟该采访些什么呢……

案发地点已经摆着好几捧花束。接连有人到这里来，合掌默哀并供上鲜花，悼念遇害人诗织。我一个一个上前和他们打招呼，递上名片，希望能找到认识诗织的人。不用说，很多人不愿意接受采访。但总会有那么几个心里有话不吐不快的人存在。抱着这样的信念，我锲而不舍地跟一个又一个人打招呼，终于遇见了两个据说和诗织关系亲近的人。

一男一女，男的穿一身西服，看上去成熟稳重，自称姓岛田（化名）。女的叫阳子（化名），打扮新潮时尚。我们互相做自我介绍时，二人时不时地查看周围的动静，一副担惊受怕的样子。见此情形，我把二人领进了一家KTV的包厢，在这里就无须顾虑周围了。

还没等我的屁股沾上座位，岛田先生突然就开口申诉起来："诗织是被小松和警察杀死的！"

听到这句出乎意料的话，我顿时僵在了原地。

岛田先生继续说："小松是一个跟踪狂。诗织把所有的事都告诉我们了。她死前给我们留了这样一句遗言，说：'如果有一天我被人杀了，凶手一定就是小松。'……"

岛田先生的两只手放在膝盖上微微颤抖，手指紧紧绞在一起。阳子女士坐在他身边，一言不发地点着头。他们告诉我，在这半年的时间里，有好几个男人威胁过诗织，并不断骚扰她。岛田记了一份笔记，详细记录了跟踪狂的姓名、特征，以及这个人从认识诗织的那一天开始，行为一步步越界并走向疯魔的整个过程。据说是诗织拜托他"把这些都记下来以备后用"。

"小松曾经对诗织说：'你活不过千禧年。''我不用亲自动手。'诗织真的非常害怕。她甚至还到上尾警署报过案，但是警察没有任何行动。"

而现在，她真的被杀了。

岛田先生刚才说诗织是"被警察杀死的"，指的就是这个。

我面前的这两个人从心底里惧怕着这个跟踪狂。

"听诗织说，她是1月6日认识的小松，结下了这段孽缘……"

原形毕露

那天，诗织和一个姐妹在大宫站附近的游戏厅里玩。她们想拍大头贴，可是机器出了点问题，一时不知该怎么办。就在这时，两个陌生男人主动上前，问她们："怎么了？"

其中一个男人身材挺拔，笑起来很温和，递来的名片上印着"小松诚"这个名字。他介绍说自己是做汽车销售的。小松似乎对诗织一见钟情，当即对她们发出了邀请："要不要去唱歌？"于是，四人一起去了卡拉OK，分开前交换了电话号码。年轻人以这种方式相遇相识，实在是司空见惯。

小松和诗织相识大约两个月后开始交往。

据说二人去兜过风，也去过迪士尼乐园。小松自称青年实业家，很喜欢给诗织买礼物。起初都是些三五百日元的毛绒玩具，但渐渐地，礼物开始一点点升级，他会强塞给诗织包包和衣服之类的高价礼品。面对这波狂热的礼品攻势，诗织开始感到不安。如果她拒绝，小松就会对她大吼大叫："这就是我表达爱情的方式，你为什么不愿意收！"

诗织渐渐意识到这个男人不太正常。

小松总是会在口袋里直接放上一沓现钞。他外出时相机从不离身，常常会突然拿出来对着诗织拍照。小松开车非常蛮横。有一次，诗织无意中看了一眼车里放的名片，发现名字不对。原来所谓的"诚"并不是他的真名。

诗织还去过小松在池袋的一间公寓。据诗织说，那个房间完全不像有人住的样子。没过多久，她就发现公寓里装有针孔摄像头。

诗织问小松："为什么会有摄像头？"

小松当即变了脸色，原形毕露，对诗织吼道："你管那么多干吗！觉得我治不了你是吗？！"诗织整个人靠在墙上，小松猛力挥拳，拳头擦着她的脸砸下。

他就保持这个姿势，一拳又一拳，"咚咚咚"地击打着墙壁，嘴里还不停地怒吼："你不听我的话了是吧？我给你买了那么多衣服,拿一百万还我!还不出来的话,就去洗浴厅当小姐,挣了钱来还。否则,我就去找你爸妈!"

诗织非常爱她的父母,她不希望让他们知道她竟然交了这样一个男朋友。那一天成了一道分水岭,之后诗织的生活彻底被小松死死拿捏在了手里。

小松嫉妒成性,动不动就会给诗织打电话:

"你在哪里?在干什么?!"

"跟别的男人在一起是吗!!"

诗织从没告诉过他家里的号码,可电话却会打到家里来。诗织忍无可忍,多次提出要和他分手。

可是男人的威胁却变本加厉:"你敢跟我分手,我就逼疯你,让你尝尝什么叫报应。到时候让你父亲丢了饭碗,全家人走投无路。你可别把我跟其他男人混为一谈。我就算动用所有的人脉,花光所有的钱,也要把你彻底弄死。你听好了,我是不会自己动手的。这世上,只要给钱,愿意效劳的人要多少有多少。"

诗织曾被几个不认识的男人尾随。还有些事明明只有她自己知道,可不知为何,小松竟也一清二楚。小松甚至还查出了诗织几个男性朋友的电话,打电话警告他们:"离诗织远一点。她是我的女人,别对她有非分之想。否则,我就起诉你。"

诗织彻底屈服在了小松的淫威之下。

"之前呢，有个女人跟我同居，自杀了但没死成。我不过就是惩罚了她一下，可没想到她居然疯了。"

"你对她做了什么？"

"这就不能告诉你了。"男人说着诡怪地一笑。

有一天，小松让诗织跪坐在地上，在她面前放了一把刀："你如果真心喜欢我，就拿这把刀割腕给我看看。"

简直不可理喻。他有时会乱发脾气，像野兽一样咆哮、抓狂，莫名其妙地踢打家具。有一次，小松买回来一把剃头用的推子，宣称："现在我要进行一项仪式，把你剃成光头。"那天他只是口头威胁，并没有真的动手，但后来诗织对岛田他们说："我那时在想，如果剃成光头就可以离开他的话，我很乐意剃光头发。"可见她已经被逼到了怎样的境地。

然而，忍耐终究会有限度。

到6月时，诗织终于明确地向小松提出了"分手"。她一边和内心的恐惧做斗争，一边向对方传达了自己的决定。

据诗织说，小松怒不可遏，威胁说："我绝对不会原谅背叛我的人！"

提出分手的当天，小松就和两个同伙一起找上门来，冲到了诗织家里。其中一人是小松的哥哥，之后被警方逮捕，他当时自称是小松的上司（其实是一名消防员）。

"小松挪用了公司五百万日元左右的款项，他说是您的女儿唆使的。我们准备以诈骗罪起诉您的女儿。想解决这件事，就看您有多少诚意了。"

诗织的父亲回应说："有问题的话，我们一起报警解决。"几个男人威胁道："我们不会善罢甘休的，你们等着瞧！"便离开了。

诗织之前一直没把她和小松之间的事告诉父母，这时才终于一点一点和盘托出。一家人商量之后，决定向警方求助。

绝望

第二天，诗织和母亲一起去了埼玉县上尾警察署。

男人们找上门时，诗织当机立断把他们和家里人的对话全都录了下来。另外，之前她和小松打电话时还录过音。她让刑警听了录音，说明了事情的来龙去脉。因为不得不道出自己的隐私，诗织的心情很沉重，她非常迫切地向警方求助："请救救我！"

然而，接待她的几位刑警却冷冰冰地回答："不行啊，这种事情立不了案的。"

还有刑警对诗织说:"你收了别人的礼物却说要分手,是个男人都会生气的。你也捞了不少好处不是?这种属于男女之间的问题,我们警察没办法介入的。"

警方虽然收下了录音带,但就反应来看实在不觉得他们会采取什么行动。诗织把小松送给她的东西全部寄回了小松的公寓。

差不多就是在那段时间,一场针对诗织的有组织的骚扰行动开始了。

7月里的某个早晨,天空下着雨。

有人在诗织家附近大量张贴黄色的小传单。传单上印着诗织的姓名和三张照片,还写着诽谤她的话和一行大字:"通缉!替天行道,惩处恶女!!"尽管诗织的母亲一张接一张,把家附近的传单全都撕掉了,但诗织的大学周围甚至附近的车站里也都贴满了同样的传单。这恐怕不是仅凭一个人可以做到的。

因为行径太过恶劣,诗织终于下定决心"提起控告",她再次来到上尾警署。

然而,接待她的刑警却劝她说:"你可要想清楚哦。到时候要在所有人面前把这些事情说出来,要浪费很多时间,非常麻烦的哦。"

警方毫无行动，事态愈演愈烈。

有人在东京市区大量散发印有诗织照片的小卡片。卡片上写着"援助交际 OK"的字样，还印着诗织家里的电话号码。据说之后网络上也出现了同样内容的帖子。骚扰不断升级，不给她片刻的喘息。只要有车停在家门口，诗织就会躲在窗帘后面透过缝隙朝外张望，每次听到电话铃响都会让她胆战心惊。她度过了一个又一个不眠之夜，小松威胁的那句"你活不过千禧年"仿佛始终萦绕在她的耳际。

警方只会说"没有证据无法出警"，为了让他们采取行动，唯一的办法就是刑事立案。然而，不管诗织去上尾警署多少次，对方总是和她打太极："你学校现在在考试吧？等考完试再来也不迟嘛。"警方为什么如此敷衍？

岛田听诗织说完她的遭遇后，给她提了一个建议："你就说'再这样下去，我一定会死在对方手上'，赖在警署不走，让他们必须想想办法。"

7月29日，面对不情不愿、态度消极的警察，诗织终于顶着压力正式提起了控告。虽然控告的罪名仅仅是"侵害名誉"而且嫌疑人不明，但警方总算是受理了申请，诗织一家终于安下心来。他们以为这样一来，警方应该会开始调查……可事与愿违，警方依旧几乎没有任何行动。

进入 8 月后，诗织父亲的公司收到了上千封匿名信，内容全是对诗织和她父亲的侮辱和诽谤。

信里写着："贵司的猪野表面看上去忠厚老实，但其实嗜赌成性，还在外面包养情人……他女儿的男朋友为了他女儿挪用公司的钱。像贵司这样的大企业，竟然雇用这等人渣，实在叫人无法认同……"

第二天，诗织的父亲拿着信去了上尾警署，可负责的刑警看过信后却笑了起来，说："用的纸张很不错嘛，这是下了本钱的。"

据说诗织很受打击，觉得自己"连累了父亲"。

可事情并没有到此为止。诗织一家人最关切的控告立案一事，也变得莫名其妙起来。

大约是在 9 月 21 日，刑警造访猪野家，提出："希望你们撤销控告。"

对方没有告知具体的原因，只是说："想要控告的话，之后随时可以再提。"诗织的母亲接待了刑警，断然拒绝了对方的要求。诗织听说后，立刻想起小松曾经常说："我认识警署里的大人物，还认识很多政客。没有什么是我办不到的。"

警方的态度实在太过敷衍，诗织不由得感到绝望："已经走投无路了。我真的会死在他手上。小松果然动用了他的关系。警察根本指望不上，到头来半点都不帮我。这下彻底完蛋了……"她怅然地向朋友们吐露了心声。

后来，诗织真的惨死在了犯人的刀下……

别处不知是谁的歌声传进卡拉OK的包厢里……

岛田和阳子向我讲述完这一切后，两人当场放声大哭。

这一天，诗织说过的话成了她的"遗言"传到了我的身边。从这一刻起，我以她留下的话为路标，开启了我漫长的采访……

取证

我听完二人的讲述后，姑且先让头脑冷静下来，审慎地推敲起他们说的内容。

从这一刻开始，我必须尽我所能试着进行"取证"。所谓"取证"，就是通过其他渠道确认采访内容是否真实可信。

即使是被害人一方给出的陈述，也一样不能不加辨析地囫囵吞下。更何况，这些内容其实都是"听人转述"的。不过，我当时就觉得这二人说的话很大程度上应该是真实的。因为他们说的每一句话里，都饱含着对好朋友惨遭杀害的悲恸，和没能挽救她生命的懊恼。而且他们表露出的对跟踪狂的惧怕也非常真实。正因为这些都是事实，所以他们才从心底里惧怕这个姓小松的男人。对警察感到绝望的诗织究竟是出于什么目的，让他们"把这些都记下来以备后用"？他们二人被诗织这样嘱咐后，势必会产生一种类似使命感的意识，觉得必须要把这一切传达出去。

我回到编辑部，整理了一份采访笔记，又打了好些电话，开始了我的取证工作。我复印了一份地图，集齐各种资料，再次出门采访。诗织提到的大宫的游戏厅和拍大头贴的机器，小松位于池袋的公寓，诗织父亲的公司，岛田第一次听诗织讲述这些事的天妇罗店……

我逐一走访这些地方，用自己的眼睛确认了一番，然后决定把这一切写成报道。

因为我做出了自己的判断：这个姓小松的男人和跟踪狂团伙，与这起杀人案之间确实存在某种联系。

女孩天天担心"会死在他手上"，最后真的惨遭杀害。

跟踪狂肆无忌惮地扬言要"把你彻底弄死"，然后在案发后销声匿迹。

开什么玩笑？！

我尽一切努力对采访到的内容进行精简提炼，尽可能缩短文章篇幅。不用说，我写得非常谨慎，不让任何细节暴露为我提供消息的岛田和阳子的真实身份。而对于小松，我用日文发音的首字母"K"指代他。报道的主标题是：沦为跟踪狂的猎物，美丽女大学生留下"遗言"。副标题是：嘱托好友记下的凶犯之名。

这就是"桶川跟踪狂杀人案"的第一篇报道，这一系列报道之后连载了很长一段时间。

在随后的采访中，我发现欺骗诗织自称汽车销售的小松其实是池袋一家"性风俗店"[1]的老板。我推测跟踪狂团伙的据点很可能就在池袋附近，于是靠着诗织留下的线索顺藤摸瓜，打探小松的店铺并采访知情人员。

我收集到的信息显示，小松身高1.8米，身形瘦长。而从案发现场逃跑的男人身高却在1.7米左右，微微发福。两者的"容装"（警察术语，指犯人的容貌和衣装）对不上。但小松有一句话经常挂在嘴边："我是不会自己动手的。这世上，只要给钱，愿意效劳的人要多少有多少。"会不会是买凶杀人？我故意在报道里埋下线索，用首字母"K"作代称，果然有读者领会到了我的用意，给我发

---

[1] 日本将弹珠房、夜总会等经营业务违背公序良俗的店铺统称为"风俗店"，需要取得特殊的营业执照，其中业务涉及色情内容的被称为"性风俗店"。不过日本法律禁止卖淫，所以多数店铺并不提供这类服务。

来了有关小松的消息。我还采访了曾经在小松店里工作过的员工。男人的真面目正逐渐显露出来。还差一小步，真相便会浮出水面……

青天白日，美丽的女大学生在车站前被人用刀捅死……

案发过去一周乃至十天后，媒体的关注度丝毫没有减弱。

案件侦查工作进展缓慢，迟迟不见动静，而媒体之间的报道战却在不断升级。不过，其他媒体的报道都和我的报道很不一样，内容写得就好像诗织纯属咎由自取。什么"被害人是坐台小姐"，什么"奢侈品中毒"，晚报、体育娱乐报和周刊杂志上充斥着这些博人眼球的词句。时事类电视节目的评论嘉宾甚至直接指责说："那姑娘生前在当小姐吧。在那种店里干活，也不是什么正经人。"这些报道简直像把过错推到被害人身上，我对此又急又怒。事情为什么会变成这样？最后就连 *FOCUS* 的主编都跑过来质问我："我们怎么就没写出这样的报道……"

但即便这样，我还是相信自己的采访，坚持自己的路线，写我自己的报道。

抉择

与此同时，有一件事我一直心存疑问。

岛田和阳子说刑警曾经造访诗织的家，提出"希望你们撤销控告"。警方为什么会在受理控告之后，又要求控告人"撤销控告"？而且据说登门的刑警还告诉当事人："想要控告的话，之后随时可以再提。"但《刑事诉讼法》明明规定，不得对同一案件两次提起控告。如果这件事是真的，那就意味着警察在传递错误的信息。

我很想向上尾警署确认这件事，但和之前一样，对方完全不接受我的采访。毕竟我要采访杀人案，对方都爱搭不理，更何况是警方的内部事务，自然轮不到我来过问。无奈之下，我只能向负责采访埼玉县警局的记者朋友"T先生"打听了一下。我经常和T先生喝酒吃饭，他是一位值得信赖的资深记者。

这一问我才知道，原来就在这段时间，一些媒体也听到了同样的传闻。他们询问了上尾警署，据说警署干部给出的回复是这样的："经调查，本署刑警从未要求控告人撤销控告。没有相关记录，也没有接到此类报告。我们不可能提出这样的要求。"

据说还有一名干部指出："这肯定是假的。八成是跟踪狂假扮警察,想要当事人撤销控告。"确实有这种可能。那个跟踪狂团伙说不定还真做得出来。我听到这个猜想后也深感赞同,于是把"冒牌刑警要求撤销控告"当作一段插曲写进了我的报道。

我继续在池袋周边进行我的采访。

因为案发以来 FOCUS 刊发的报道一直都和其他媒体不同,所以编辑部收到的读者反馈越来越多。

有人提供了这样一条线索:"小松那家风俗店里,有个男员工身高 1.7 米,微微发福,短发。"

据说这人总是穿一身西装,其"容装"和桶川站前逃跑的案犯完全吻合。没多久,我就查出了男人的姓名和他固定出入的场所——

果然是位于池袋的另一间公寓。

种种迹象表明小松的团伙正在筹备开一家新的风俗店。虽然知道很有可能一无所获,但我还是决定对这间公寓进行盯梢。为了不让对方发现,我选定了一个距离较远的监视点,使用超长焦镜头。就这样,我和老搭档摄影师樱井修一起,开始了一场漫长的盯梢。

每天都有形形色色的男人出入这间公寓。新的风俗店似乎已经开业,小松和实际作案的犯人真的会出现吗?

12月6日傍晚，初冬的北风刮得特别猛烈。

摄影师樱井成功拍到了看样子像是实行犯的男人和他的同伙。照片上，几个男人正从公寓门出入。我让好几个已经从小松店里离职的员工看了照片，得到了他们的指认。尽管这样，我却不能立刻把这些写成报道。因为登着他们照片的杂志一旦刊行，这些人很可能会在被捕前畏罪潜逃，到时候可就鸡飞蛋打了。诗织辛辛苦苦留下遗言，可不是为了给周刊杂志提供什么独家报道。

要怎么做才能两不耽误，既抓住案犯又能写成报道呢？

我必须做出抉择。

我很清楚警方的侦查工作进展不利。我在池袋采访的这段时间，几乎没见到像在查案的警员。既然这样，也没别的办法了。我决定通过T先生把案犯的一些消息透露给上尾警署。警方拒绝接受我的采访，可我却不得不给他们"通风报信"，到底凭什么？想想就来气。但这案子事关人命，我必须这样做。

然而就算这样，专案组依然没有采取行动逮捕犯人。

究竟在搞什么？

我连日往池袋跑，远远看着大批警员在那里盯梢，我却只能在心里默默祈祷。在这期间，实行犯和他的同伙也曾在池袋出现过。警方为什么不逮捕他们？我一屁股坐在冰冷的柏油路上。这里面一定有问题……

12月19日，在我们拍到案犯照片的两个星期后，警方终于对实行犯实施了逮捕。同时被捕的还有另外三名共犯，其中一个正是小松的哥哥。

12月21日，刊载着实行犯被捕前的照片的FOCUS到了读者手中。原本这张照片绝对是一条不折不扣的独家新闻，但因为我把消息透露给了警方，早在我们杂志发售之前，这些消息就已经通过记者俱乐部公布给了其他媒体，被写成了报道。要论速度，周刊杂志绝对比不上报纸和电视，所以我已经预料到了这样的结局。对我来说，这是唯一且最好的选择。

年关临近，20世纪终于要迎来最后的一年，这起案件却不能说"已经告破"。虽然实行犯被逮捕归案，但威胁诗织"你活不过千禧年"的主犯小松依然下落不明。

编辑部得到线索，说小松可能藏身在北海道札幌的近郊，他计划从根室逃到俄罗斯去。我也试着追去北海道进行了一些采访，但终究没能见到小松本人。1月27日，有人在北海道东部的屈斜路湖发现了小松的尸体，是自杀身亡。就这样，这起刑事案件的侦查工作走向了"嫌疑人死亡"这个最坏的结局。

警察撒了谎

在实行犯被捕前没多久，我终于见到了诗织的父母，对他们进行了一次面对面的采访。为了避免对当事人造成无谓的伤害，我之前没有盯守在诗织家门口堵截她的家人。但后来因为幕后的一系列动作，眼看案件要迎来重大进展，我第一次向诗织的双亲提出了采访的请求。诗织家周围停着许多媒体包租的黑色车辆。我通过对讲门铃第一次和诗织的母亲交谈了几句，并把自己的名片塞进了门口的信箱。不用说，收到回音的机会非常渺茫，对此我早有心理准备。

然而出人意料的是，当天晚上诗织的父亲就给我打来了电话。他表示，愿意和我面谈。在那之前，诗织的家人拒不接受任何采访，他们为什么会同意见我？关于这个疑问，我也是之后才有了答案。原来是岛田等诗织的几个朋友助了我一臂之力，他们读了我写的报道后，向诗织的父母推荐说："有一个记者值得信任。"

几天后，我登门拜访了诗织的家。在其他媒体记者和摄影师们惊诧的目光中，我坦然自若地走向诗织家，走进了大门。

诗织家里弥漫着一股花香。

榻榻米房间里设了一座祭坛，一束束鲜花簇拥着诗织的遗像。

遗像中的诗织长发飘飘，美丽动人。

我敬了一支香，合掌默哀。

诗织的父母亲切地接受了我的采访，他们告诉我的事，令人发指的程度远远超出了我的想象。

诗织的父亲愤怒地控诉说："案发时，我在公司上班。爱人给我打电话，我才知道……用震惊都不足以形容我当时的内心感受，我立刻想到肯定是那家伙干的。诗织和我们一直在跟小松抗争，诗织抗争了八个月，我们和他斗了五个多月，没有一天不在战斗。从一开始我们就很清楚地知道，下手的正是小松。"

他说起了6月上门寻衅的三个男人，还有那些传单和成批寄来的匿名信……

诗织的"遗言"是真的。

父母说："诗织她每天都过得提心吊胆。她常常接到骚扰电话，拿起话筒对方也不说话。如果接电话的是我们，对方马上就会挂断。就因为这样，我们才会向警察求助，可警察却说立不了案，诗织感到非常沮丧。"

之后他们告诉我的事让我震惊，起因是我无意中提了一嘴："对了，听说还有冒牌刑警找上门，要求你们撤销控告……"

然而，诗织父母的回复让我大吃一惊："不是冒牌的，说这话的就是刑警。是我们提起控告时给我们做笔录的人。"

我的大脑顿时一僵，没能立刻理解这句话的意思。

如果这是真的，那么上尾警署说的"本署刑警从未要求控告人撤销控告""我们不可能提出这样的要求"，还有"这肯定是假的。八成是跟踪狂假扮警察，想要撤销控告"，这一番回应又该做何解释？

警察在撒谎……

女大学生向警方求助："请救救我！"警方虽然受理了她提起的刑事控告，却几乎没有展开任何侦查，只是置之不理。更过分的是，他们甚至"要求控告人撤销控告"。在这样的背景下，控告人最后遇害身亡。

这是警方的一次重大过失。

偏偏在这个时候，有记者打听到了警方"要求控告人撤销控告"的事。一旦真相披露于世，恐怕会掀起轩然大波。于是警方编造了一套对自己有利的说辞企图蒙混过关。难道这才是真相？我竟然真的相信那是"冒牌刑警的伎俩"，还把它写进了我的报道。听说 *FOCUS* 那篇报道发布以后，还有一些记者特意跑去上尾警署确认这件事，结果警署的干部又重复了一遍同样的说辞。

简直羞愧难当。

这不仅仅是一起杀人案，其背后藏着更加本质的问题。那之后，我一直在追踪报道这件事。被害人求救说"再这样下去，我一定会死在对方手上"，并提起了控告，可是上尾警署为什么没有采取行动？这无异于对被害人见死不救。

篡改

2000年3月上旬。

"……他说，刑警对此说出了这样一句话：'你收了别人的礼物却说要分手，是个男人都会生气的。'"

那天我正在编辑部里翻看报纸，身后突然传来这样一段话。怎么回事？那一刹那，我的大脑陷入了混乱。这不是上尾警署的刑警对诗织说过的话吗？

"你也捞了不少好处不是？这种属于男女问题，我们警察没办法介入的。"

我转过头看，电视上正在直播国会预算委员会的会议，民主党的一位女议员当众读了一段 FOCUS 的报道。这一刻，周刊杂志上的文章回响在国会议事厅里，经由影响力第一的 NHK[1] 播往日本全国。这位议员直面我指出的问题,在国会里代替我问责。议员引用了一长段报道后,就"要求控告人撤销控告"一事直接质问说:"是不是真的发生过这样的事?"

被要求站上答辩席的警察厅刑侦局长开口回答:"没有这样的事,不过确实有一部分说辞引起了误解。"

"没有这样的事"……这恐怕是埼玉县警方为这场答辩事先准备的回复。

就连在国会这样的地方他们都敢这样回答?我把这场答辩也写成了一篇报道,题目是"警方在'撤销控告风波'中撒下连环大谎——问题终于被捅到国会"。

长久以来一直在蒙混敷衍、逃避问题的埼玉县警方,终于不得不展开内部调查。

4月6日,埼玉县警局调查组公布了调查结果。随之揭示的真相出人意料,不,应该说是超乎想象。

原来控告书竟然遭到了篡改。

那天刑警登门造访猪野家,提出"希望你们撤销控告"时,其实"控告书"已经被该名刑警擅自更改成了"受

---

[1] 即日本广播协会,1950年日本政府颁布实施《广播法》后正式成立,依靠民众缴纳视听费运营,是日本唯一的独立于商业资本外的公共传媒机构,类似英国广播公司(BBC)。

害申报"。据说笔录上的"控告"二字被他用双线划去，改写成了"受害申报"。

警方三番五次坚称"没有这样的事"，甚至在国会上也矢口否认，可事实上他们的行为远远不只是"提出要求"，甚至已经单方面撤销了控告。警方谎话连篇，到头来终于自食其果。

那么当事刑警为什么要进行篡改呢？

因为"控告书"与"受害申报"性质不同，如果受理的是"控告书"，警方必须开展调查并向上级部门汇报。他们觉得这样做太麻烦，所以进行了篡改。据说上尾警署希望减少刑事控告的受理件数，因为未侦破案件积压过多会拉低警署的考核成绩。上尾警署刑侦二科科长在接受调查时承认："我对自己指挥破案的工作能力不是很有信心，希望尽可能不要接案子。"诗织多次提起控告，可警署却没有积极地展开调查，其原因或许也在这里。这不就是典型的玩忽职守吗？！

最终，参与篡改的三名警察被解除职务，而且因为涉嫌伪造公文，三人将被追究刑事责任。同时，包括埼玉县警局总部长在内，十二个人因为这件事受到处分，这样的状况前所未有。

埼玉县警局总部长在记者会上深深鞠躬致歉："如果

当时能对侵害名誉一事认真展开调查，或许就能避免现在这样的结果了。"

在他做出这番表态后，媒体的矛头迅速转向。

在这之前，各家媒体都只是鹦鹉学舌，重复着警方出于自身利益发布的消息。而在这之后，他们忽然开始对埼玉县警方穷追猛打。不难想见，这是因为警方自己站出来鞠躬认错，他们便认为可以安心追责了。变脸速度之快，实在令人咋舌。

歪曲事实轻而易举

让我们回过头想一想，案发时各家媒体究竟是怎样报道这起案件的？

"被害人是坐台小姐。"

"奢侈品中毒。"

"那姑娘生前在当小姐吧。在那种店里干活，也不是什么正经人。"

我们明明在跟进同一起案件，可为什么他们的报道方向和我的完全不同？究竟是什么让我和他们的报道差别如此之大？

答案其实很简单。

归根结底原因只有一个：这些媒体的"信息来源"几乎只有警方，也就是对诗织的控告置之不理，并篡改控告书的上尾警署，是与此事有着利益关联的当事方。

案发当天，警方召开过新闻发布会。我在事后看了发布会的录像，有记者当场询问了诗织提交"控告书"的事。当时，参与刑侦的干部没有提到控告书，而是明确给出答复说，被害人"提交了受害申报"。换言之，早在那个时候，警方很可能就已经发现了篡改行为。

与此同时，警方就被害人的服饰公布了许多细节，比如"穿黑色迷你裙""用普拉达牌的包，戴古驰牌手表"。正因为这些信息，诗织才会被塑造成一个"痴迷奢侈品的女大学生"。另外，一些记者和刑侦干部"私下接触"时，干部还放出了一些和案件完全无关的、涉及被害人隐私的信息，诸如：

"被害人以前打工时做过卖笑的工作。"

"这案子说穿了就是一个坐台小姐的风流情债。"

之后警方还变本加厉，就犯人小松的身份泄露消息说"是一家性风俗店的老板"。

种种做法简直就像在钓鱼："好了，根据这些信息，你们会怎么写呢？"

结果正中他们下怀，许多记者把两方面的信息结合在一起，被导向了歧途。

就这样，媒体塑造了一个被抹黑的被害人形象："一个痴迷奢侈品并且做过坐台小姐，与性风俗店老板交往而被杀的女大学生"。这些报道让人觉得被害人是自己招来了祸事，纯属自作自受。诗织不仅无辜遇害，死后还惨遭污蔑。这种做法简直和那个跟踪狂团伙散发诽谤中伤的传单没什么两样。

不用说，这当然不是事实。

我在前面已经提到，诗织直到遇害时都被蒙在鼓里，她并不知道男人的真实姓名和职业。后来诗织的家人让我看了她的遗物，她所持有的那些所谓"奢侈品"，不过是普通女性都会买的一些东西，是她自己辛苦存钱买给自己的。那么所谓"坐台小姐"又建立在什么样的事实依据上呢？或许源头就是曾经有个朋友找诗织帮忙，介绍她在一家提供酒水的店里打短期零工。据说诗织也意识到自己并不适合那份工作，没做多久就辞了，连薪水都没有领。难不成在警察眼里，只要是受《风营法》[1]管制的店铺，在其中工作的女性一律都是"坐台小姐"？

---

[1] 全称《风俗营业取缔法》，制定于1948年，旨在对风俗店的业务内容等进行规范化管理。

退一万步说，一个公民无论出入过什么场所，做过什么事情，都不应该成为被杀的理由。如果连这样的事例都不能算警方操纵信息、故意抹黑，那又能称它为什么呢？而且他们抹黑的还是一个被无辜夺去生命的被害人。

公共机构发布的信息并非全部真实可信。

当信息本身有损发布方的利益时，信息就会因为发布方的需求而变质。

记者们采访时以为上尾警署是可靠的"杀人案件的信息来源"，但事实上正如埼玉县警局总部长所承认的，上尾警署同时也是杀人案件的相关方。

我们应该如何看待这种关系？

不用说，在采访案件或事故时，从警方及公共机构处获取信息确实非常重要。

这些机构发出的声音拥有巨大的影响力。与之相比，那些死去的人的声音极其"弱小"。如果当时我也一味听取警方的"巨大的声音"，恐怕就会和其他媒体一样，掉进同一片陷阱。

直到今天，我都会冒出这样的念头：如果诗织没有把这一切原原本本地告诉她的那两位朋友。如果她没有拜托他们"把这些都记下来以备后用"。如果他们没有哭着将诗织的"遗言"转述给我……

第三章

何为调查报道

调查报道与官方发布

作为调查报道的实践案例,我在上一章里回顾了"桶川跟踪狂杀人案"的采访过程,但其实在采访时,我自己并没有意识到这是调查报道。直到2002年相关报道告一段落,大家才开始将这一系列报道称为"调查报道"。

2002年3月,《个人信息保护法相关五项法案》送交国会审议。有人质疑这项法案可能会对新闻媒体的采访自由构成威胁,引发了社会舆论的广泛讨论。在这样的背景下,报刊和电视等媒体开始介绍我的一系列报道活动,将其作为近年调查报道的成功案例宣传。另外,《现代新闻事典》(三省堂,2014年)等书也都以独立的条目收录了"桶川跟踪狂杀人案"。

该事典还就"调查报道"给出了如下定义:

> 不偏信当局的"官方发布",独立思考发现问题,挖掘未经发现或被故意隐藏的事实,将其报道出来。尤其指那些以公权力的滥用或玩忽职守为报道对象,致力于挖掘被忽略的事实,若当时不进行采访便会就此淹没于历史浪潮下的报道。此概念与"官方发布"相对立,也有观点认为新闻行业的本职要务就是进行调查报道。

值得注意的是,这里使用了"官方发布"这样的说法,将其作为与"调查报道"相对立的概念。

所谓"官方发布",就是政府部门、企业、各类组织团体以及个人等通过召开记者会或发布新闻稿提供信息后,媒体几乎原封不动地播报其内容的报道。

"据内阁官房长官透露……""据厚生劳动省统计……",大家应该对这种样式的新闻并不陌生。

这类报道中包含着许多关系到国民"知情权"的极其重要的基本信息,如政治、灾害、经济走势、核电站事故以及交通信息等。另外,也有一些报道带有给信息发布方做宣传的味道,诸如"新型手机销售势头良好""银座大型百货商场开业"等。

另一方面,还有一些报道对信息发布方来说并不那么喜闻乐见。

比如,召开记者会就丑闻或风波进行澄清或道歉,公司向公众承诺"召回问题产品",名人开记者会宣布离婚,等等。这些情况属于被逼入绝境退无可退,无奈之下只能向公众"发布"。

虽然内容五花八门,但现实就是报纸及电视等媒体发布的报道多半都以这一类官方发布的消息作为新闻的信息来源。事实上,即使是我供职的电视台,大多数记者也都有自己负责采访的对象(政府部门、政党、警察、企业等),并通过记者俱乐部获取新闻消息。

与此不同,由记者自己独立调查并做出种种判断的,就是"调查报道"。

而调查报道的首要条件,就是发掘未经官方发布的事实。

调查报道逼迫总统下台

下面,我们来看一些调查报道的著名案例。

举世闻名的例子或许就是1972年关于"水门事件"的一系列报道,时任美国总统正是因此丢了饭碗。

事件发生在美国总统选举期间。当时在野党民主党的总部设在一栋名为"水门大厦"的大楼里,有人试图在楼里安装窃听器而被警方逮捕。经调查,被捕的是总统尼克松身边的人。然而,白宫绝对不可能轻易承认是自己实施窃听。在同年11月举行的总统大选中,尼克松仍然以压倒性的优势实现了连任。

在此期间,《华盛顿邮报》的两位记者鲍勃·伍德沃德和卡尔·伯恩斯坦一直在独立追查这起事件,通过报道揭露了白宫参与窃听的事实。后来,不断曝光的证据显示,白宫还曾千方百计阻挠调查并掩盖真相,最终尼克松总统没能完成任期,被迫引咎辞职。

日本也有过同样的案例,社会评论家立花隆的"田中角荣研究"就是一个很好的例证。他揭露了时任首相田中角荣的金钱黑幕,点燃了田中下台的导火索。除此以外,向政治家和政府官员等转让未上市股票、被称为日本"二战"后第一大腐败案件的"利库路特事件",也是因为《朝日新闻》的独立报道才逐渐浮出水面的。同样,2003年曝出的北海道警察贪腐问题,也是在地方报纸《北海道新闻》的追踪下进入公众视野的。这些报道所耗费的时间和精力远远超出常人的想象。

此类调查报道之所以困难重重，主要是因为被曝光的一方并不希望这些事实公之于众。而且，他们往往手握强权。不够彻底的报道很容易遭到否定，甚至有可能被告上法庭，反遭报复。

所以报道时必须竭尽所能追踪采访，收集各种事实佐证。这样不仅能封堵对方为自己开脱的借口，还可以在适当的时机逼迫对方承认报道内容——这件事说起来容易，要付诸行动却伴随着重重困难。要求一家普普通通的公司，有时甚至只是区区一个记者，掌握足以媲美刑侦部门的侦查技术，并肩负起同等的责任，可以说困难到了极点。

不用说，这一类报道当然不可能使用"据××公布"等官方发布的常规句型。报道或新闻的叙述风格基本只能采用"××报或××电视台经采访获悉"这样的句式。

其实就叙述风格而言，这本书也是如此。当我提笔想要书写非虚构文章时，不知为何主语就会变成第一人称。人们常说用第三人称写作更加客观，我也曾经试过改用那样的文体，但就是行不通。我以"我"做主语，难道只是想自吹自擂、居功自傲吗？

并非如此。

当我想要讲述凭一己之力追踪采访到的事实，主语就不得不变成"我"。因为我掌握的事实此前从未被官方公布过，能够担保其真实可信的只有我自己。而为了将其公之于众，就必须出示尽可能多的证据。

何时、何地、从何人那里得到的消息……

因为追踪采访的人是我，所以，主语也只能是"我"。换言之，"我必须对报道内容负起百分百的责任"。用"我"做主语的叙述风格意味着"自担全责"，这是何等可怕。

在下一章介绍的案例里，这份责任变成了前所未有的重担压在了我的肩头。

第四章

不合理的就是不合理
——足利冤案

这一章要介绍的"足利案"是一场追问是否存在"冤案"可能性的报道,一切始于我个人的一个疑问:"警察逮捕的人真的是真凶吗?"

不用说,公安和检察院等执法机关不可能对冤案进行自主调查并公布结果,所以只能靠自己从零开始追踪采访,将案子重新调查一遍。比这更棘手的是,这起案件中被捕的男人向最高法院提起过上诉,但已经被驳回,无期徒刑成为终审判决,我采访时他已经在狱中服刑。所以就结果来说,我的报道无异于是在向本国最高司法机构下战书。

连"点"成"线"

采访开始于2007年夏天。*FOCUS*周刊停刊后我转职到了日本电视台,那时入职已经有六年。

一切的开端需要追溯到群马县太田市发生的"女童横山由佳梨失踪案"。

1996年7月,4岁的由佳梨跟随父母去了一家小钢珠店,自此下落不明。

店里的防盗摄像头拍摄到了一个可疑的男人。

男人的装扮非常奇特,异于常人。他戴着墨镜和棒球帽,大热天却穿一件长袖运动外套,配一条松松垮垮的裤子。男人看上去对小钢珠机毫无兴趣,就其行动路线来看,他似乎正一边吸着烟一边尾随在店内玩耍的由佳梨。其后,由佳梨在一张长椅上坐下,男人坐到了她的身边,看似亲昵地和她攀谈。没多久,两个人就一起走出店门,由佳梨从此失去了踪影。

群马县警方将这个戴墨镜的男人定为诱拐案的重要嫌疑人,对其进行了通缉。

电视台播出了防盗摄像头拍到的录像,男人的截图还被做成海报分发到全国各地。但遗憾的是,直到2007年人们都没有找到由佳梨的下落,也没能追查出这个男人的真实身份。

那时我被分配去了专题节目组,负责"未破解的悬疑案件"。在周刊杂志做记者时,我曾经采访过由佳梨案,总感觉有一些疑点,于是决定借这个机会重新追踪这起案件试一试。

没想到我刚开始追查不久,就发现了一系列出人意料的事实。

原来在和太田市相邻的栃木县足利市,也曾经有一个4岁女童在小钢珠店里被人诱拐,最后惨遭杀害。

这还不是全部。1979年到1996年间,群马和栃木两县交界处方圆10公里的范围里,竟然先后发生过五起残害女童的案件,其中四起的涉案女童遇害身亡。五起案件如下:

一、1979年 栃木县足利市 福岛万弥 5岁 遇害

二、1984年 栃木县足利市 长谷部有美 5岁 遇害

三、1987年 群马县尾岛町(现太田市)大泽朋子 8岁 遇害

四、1990年 栃木县足利市 松田真实 4岁 遇害(即"足利案")

五、1996年 群马县太田市 横山由佳梨 4岁 失踪

- ❶ 福岛万弥尸体发现地点
- ❷ 长谷部有美尸体发现地点
- ❸ 大泽朋子尸体发现地点
- ❹ 松田真实尸体发现地点
- ❺ 横山由佳梨被诱拐地点

※ 本书插图系原书插附地图

这些案件的间隔时间在三到六年不等，几乎交错发生在枥木和群马两县边界线的两侧。十七年时间，在这样狭窄的范围里竟然先后发生了五起诱拐、杀害女童的案件。我虽然长年采访各类犯罪案件，但还从没碰到过这样的情况。

我试着列出了这些案件的"共同点"：

・罪犯都以幼年女童为目标
・有三起案件的诱拐地点为小钢珠店
・有三起案件的尸体是在河边的芦苇丛中被人发现
・案件几乎都发生在周末等休假日
・案发现场都没有人看到有孩子在哭泣

至此，我产生了一个疑问：在小钢珠店诱拐、杀害女童的案件难道就这么常见？我试着扩大范围检索了日本全国同一时期发生的类似案件，却几乎找不到。在对被害人的共性、犯罪手法的相似性以及案发现场情况等进行分析后，我认为这很可能是"同一名罪犯实施的连环案"。

如果换成我的说法，应该被统称为"北关东连续诱拐杀害女童案"。

不过在当时那个阶段，这充其量只是一种"假说"，不可能直接写成报道。因为就现实情况来说，我的这个连环案设想存在一个致命的缺陷。

在这五起案件中，有唯一的一起——第四起——已经"告破"。也就是说，案犯已经被缉捕归案。所以，案件的连环性在这里出现了断裂。

而这起已经"告破"的案件，就是人们常说的"足利案"。

逮捕

我们先来回顾一下"足利案"的来龙去脉。

1990年5月，4岁的松田真实在足利市的一家小钢珠店失踪。傍晚6点半前后，曾有人看到她一个人在小钢珠店的停车场玩耍。父母找遍了周围一带也没能找到她的下落，于是向栃木县警局下设足利警署求助。

第二天早晨，有人在流经小钢珠店后方的渡良濑川的河滩上找到了真实的尸体。她已不是失踪时的样子，被人脱去衣服，遗弃在河流沙洲的芦苇丛里。

当时犯人早已经从现场逃匿，不知所终。

警方从尸体上检测到了唾液，鉴定显示犯人的血型为B型。小真实的衬衣被扔进了河里，上面沾有精液，据推测应该是犯人留下的。

当时足利警署已经有发生在1979年和1984年的两起女童遇害案没有破获。署内成立了第三个同类案件的专案组，这样的情况很不寻常。那时警方也认为罪犯很可能是同一个人。

警方给出了罪犯的个人特征——"本市居民，男，B型血，恋童癖"，并对居住在足利市的B型血男性实施了地毯式调查，但没有任何进展。市民的不安情绪越来越强烈，批评警方办案不力的声浪也在不断高涨。

1991年12月，案发一年半之后，警方突然逮捕了一名男子，指称其为"足利案"的犯人。这个人名叫菅家利和，被捕时45岁，曾经在幼儿园做校车司机。

菅家一个人独居，驻警站[1]巡警部长的一次走访调查使他进入了专案组的嫌疑人名单。据说这位部长打探到一个消息："有个男人只有周末才到他租的房子来，很可疑。"部长登门时，菅家配合调查让他进了屋。部长注意到在电视机和录像机等物品的旁边，放着一些成人录像带。

菅家的血型是B型。据说他在幼儿园开校车也被认

---

1 日本警署的下属机构，附设生活起居空间，原则上由一名警员常驻，可与家人同住。多开设于城郊、山区或离岛等偏远地区。

为"很可疑",这样的看法难免穿凿附会。之后,刑警们对菅家实施了跟踪,想趁他犯下别的案子时将其逮捕,但菅家既没有前科也没有成为过其他案件的嫌疑人,据说他在路上遇到小女孩时也没有表现出不寻常的反应。

后来有一天,刑警悄悄拿回了菅家丢出来的垃圾,把里面的纸巾交给了"科学警察研究所"(简称"科警研"),后者对纸巾进行了"DNA类型鉴定"。

结果显示,案发现场找到的犯人精液的DNA类型与菅家的相吻合。

菅家被带回警局,在接受审讯时供认了罪行。警方以涉嫌"杀人、以猥亵为目的的诱拐"等罪名对菅家实施了逮捕,并交由检方起诉。

最早盯上菅家的驻警站巡警部长等几名警员荣获了警察厅长官奖等奖项。枥木县警方急于一口气侦破"连环案",断定1979年和1984年的案件也是菅家所为。他们召开新闻发布会,宣布三起案件都已告破。

刑侦部长在发布会上自豪地表示:"能够驱散十二年来笼罩在足利地区上空的阴云,实在令人欣慰。在第三起案件发生后终于将案犯抓捕归案,靠的都是警察心中的这份执念。"

谜团日深

以上就是案犯被捕的经过。但那之后，本来应该告破的三起案件却迎来了一个匪夷所思的结局。虽然警方已经公开宣布"侦破了杀害女童的连环案"，但最后开庭审理的只有松田真实遇害这一起案件。另外两起因为证据不充分，检方决定不予起诉。

而就在菅家被捕的五年后，发生了"横山由佳梨失踪案"。

"足利案"案发的小钢珠店和"横山由佳梨案"案发的小钢珠店直线距离只有11公里。不用说，"横山由佳梨案"显然不是菅家所为。1996年案发时，菅家还被关押在看守所，再没有比这更完美的不在场证明了。

那么，真的只有"足利案"这一起案件的犯人是菅家吗？

这些案件有如此多的相似点，警方也一度认为是同一名案犯所为，可结果却是这样，难道不奇怪吗？

菅家被判处无期徒刑，收监于千叶监狱，他表示自己是被冤枉的，正在申请再审。我本来对所谓的冤案并不感兴趣，但还是决定先把能查的都查一遍再说。

一共有两项有力证据判定菅家有罪——"认罪口供"

和"DNA类型鉴定报告",首先要从这里入手进行查证,按理说这两项证据应该是铁证。

我亲眼看到口供上这样写着:"本人于去年5月12日杀害了女童真实,对罪行供认不讳。"

我设法找到了当时参与案件侦查的枥木县警局前刑侦干部,试着请他回忆了一下。

他说:"菅家啊,在逮捕之前我就知道肯定是他干的。谁都觉得那三个案子是同一个犯人,不是吗?"

我还向另一位刑侦干部询问了有没有可能抓错人:"除了他以外,再没有别的嫌疑人了吗?"

那位干部举起手在面前摆了又摆,回答说:"没有没有。否则这案子的侦查就出问题了。毕竟都送过去(原书注:送检)了,要担责任的。我们逮捕他,是会侵犯到他的人权的。警察收集的证据都是自己认可的,再经过正规的刑事诉讼程序,绝对错不了。"

既然如此,那为什么另外两起案件未予起诉呢?当我提出这个问题时,对方的脸顿时阴沉下来:"从警方的立场来说,我们认为案件已经全面告破。只不过难就难在证据。时间隔太久了,要让法院判定有罪很困难。"

我问他是不是至今都相信这三起案件全部都是菅家犯下的,对方两眼一瞪,大声且自信地答道:"那还用说!"

认罪口供与 DNA 类型鉴定

不用说，当事人本人的说法也必须听一听。

我去了关押菅家的千叶监狱。

办理完申请会见的手续，穿过红砖墙，我在会见室等待菅家的到来。然而，监狱没有批准我的会见申请。根据那位身穿制服、站姿威严的狱警的说法，法务省下达了公文，只允许亲属以及过去有来往的人会见犯人。这也是一个很好的旁证，可见冤案相关的采访有多么困难。

无奈之下，我只能以通信的方式开始了我的采访。

"我是被冤枉的，我没有杀过人。"

"那些刑警根本就没打算放过我。早上我还没起床，他们就冲进我家，对我大吼大叫，还用手肘撞我。我从没见过真实，可他们给我看她的照片，逼我道歉，还用力推搡我……"

纸上用圆珠笔写成的字迹，一笔一画格外认真。便笺一角敲着监狱已审阅的印章。通过这样一次次的书信往来，当年的情形慢慢地清晰起来。

站在菅家的角度上看，案件发生一年半后，他被捕的那个早晨是他与这起案件关联的起点。一切开始于一阵突如其来的吼叫："菅家在吗？我们是警察！"同时响起了敲击玻璃窗的声音。

菅家刚一开门，调查一科的三名刑警就鱼贯而入。当时菅家还穿着睡衣。刑警们把暖桌挪到一边，命令菅家跪坐到地上。

刑警一开口就吼："菅家，是你把人家孩子给杀了吧！"尽管菅家否认说"什么都不知道"，却还是被他们以配合调查的名义带回了足利警署，并被套上了测谎仪。据菅家说，刑警们从一开始就已经认定"你就是犯人"，对他持续进行酷烈的审讯。尽管菅家一再否认，刑警们仍在他耳边咆哮："时代不同了，现在刑侦也讲科学！"他们在桌子底下踢打菅家的小腿肚，从后面扯住头发逼他仰起头，严酷的讯问整整持续了十几个小时。

菅家被折磨得精疲力竭，因为太过煎熬，不由自主地说了一句："我可能去过那家小钢珠店……"一心等着这句"正确答案"的刑警们喜出望外，开始听菅家说话。之后，审讯就走上了一条不允许回头的单行道，朝着一个方向奔去。

说"真话"换来的是咆哮，编"假话"才会被友善对待。

就这样，菅家终于被逼着给出了"对罪行供认不讳"的认罪口供。

他说："我那时就想，对这些人说什么都没用，但我相信法官会明白我的。"

菅家认为法官与案件应该没有利害关系,他选择相信法官的良知。

第二年,宇都宫地方法院开庭审理本案。因为害怕坐在旁听席上的刑警,菅家在第一次开庭时依然承认自己犯下了罪行,但到第六次公审时他翻了供。

菅家说:"我本来非常害怕那几个对我施加过暴力的刑警,但就在那一天,我终于意识到他们已经不会出现在法庭上了。"

还有一个人的存在也促使菅家说出了"真相",她就是家住足利市的家庭主妇西卷糸子,她一直相信菅家是无辜的。据菅家说,西卷女士和他会面时曾经教育过他:"你如果没做过,就应该把事实说出来!"

然而,一旦有认罪口供记录在案,想要翻供并不容易。比起当事人当场给出的供述,法院似乎更看重书面材料。而那份DNA类型鉴定报告作为唯一的物证也发挥出了不容置疑的威力,将菅家塑造成了杀人犯。

当时,科警研的DNA类型鉴定采用的是一种名为"MCT118法"的鉴定方法。据说,使用这种方法鉴定时,像菅家这样DNA类型与犯人一致,而且血型也同样是B型的概率,是1.2‰。

菅家被捕时，报纸上充斥着这样的标题："DNA鉴定成撒手锏""'微观刑侦'一年半""堪比'指纹'的刑侦革命"。参与鉴定的科警研技术官们也上了报纸和电视，接受"荣誉采访"。

菅家相信会还他清白的那位法官，在宇都宫地方法院的审判中采纳了检方的量刑建议，判处菅家无期徒刑。法官对DNA类型鉴定给予了高度肯定。

判决书中写道："具备专业知识、技术及经验的人士，以恰当的方法进行了DNA鉴定。"在此基础上，判决书严词判定了菅家的罪行："被告人听任本能驱使，杀害没有丝毫反抗能力的女童，脱去其衣服实施猥亵，并将遗体丢弃在草丛中。生而为人，这是最可耻的行径。"

从二审判决开始，熟悉DNA类型鉴定的律师佐藤博史担任起了菅家的辩护律师，并组建了辩护律师团。不仅如此，自由撰稿人小林笃等人也在杂志上撰文质疑一审判决和警方的调查工作，同时他们对DNA类型鉴定也提出了质疑。

然而，东京高等法院依然相信DNA类型鉴定的效力，驳回了菅家的上诉。2000年，最高法院也同样驳回了上诉，无期徒刑成为终审判决。自此，"MCT118法"得到了最高法院的认可，成了"无可动摇"的力证。

实测

虽然菅家仍然在申请再审,但"二战"后,在判决了死刑或无期徒刑的大案要案中,再审的先例屈指可数。更何况,本案定罪的证据是 DNA 类型鉴定,要颠覆这项证据极其困难。

单凭我的几篇报道真的可以扭转乾坤吗?

进行调查报道时,没有任何"官方发布"可以用来参考,该如何行动全凭自己思考判断。我决定第一步先验证菅家那份"认罪口供"的可信度。

菅家的认罪口供是有罪判决的依据之一,其概要如下:

> 案发那天,我在小钢珠店玩到晚上 7 点左右。为了换零钱,我走出店门,看到一个小女孩在停车场一角玩耍。我问小女孩:"要不要坐自行车?"对方似乎"嗯"了一声,于是我就让真实坐到了自行车的后座上。
>
> 我骑车带她上了通向渡良濑川河堤的坡道,然后下到河滩上。我把自行车停在路的尽头,牵着小女孩的手走进草丛,朝河边走。我突然想跟她玩一玩,为了不让她发出声音,就掐住她的脖子把她掐死了。

完事后，我把尸体藏进芦苇丛，骑车逃离了现场。我回到河堤，穿过渡良濑川上的桥。回去的半道上，我在超市买了"饭团、炸肉饼、罐装咖啡"当晚饭，然后回到了在外面租的那间房子。

就这份认罪口供来看，除了在超市购买的东西外，其他部分都很笼统。

我决定根据这份口供做一次"实测"。

那辆据认为是菅家用来作案的自行车，在终审判决后被检方退回，一直保管在支持菅家的西卷女士家。这辆车配着小规格轮胎、双前灯，车身为蓝色。我重新把生了锈还爆了胎的自行车修好，用它对"认罪口供"进行了一次实地测试。

没想到，还没开始就碰到了问题。案件已经过去十七年，广阔的河滩早已变了样，根本找不到发现尸体的地点。为此，我根据警方提交给法院的现场勘验报告，使用高精度的电子测量仪想方设法测算出了抛尸地点。我在该地点打下一根木桩，并绑上一只红色闪灯，以便入夜后也能找到位置。

实际负责骑车测试的，是我的采访助理杉本纯子。说来也巧，她身高、体重竟然和菅家一模一样。鉴于被害人真实的体重是18公斤，我们在车后座上载上了同等重量的重物。

晚上7点，天色差不多暗下来，我按下了秒表。我们从小钢珠店的停车场出发，依照供词朝河滩边的河堤骑行。

可是，测试刚开始就发现了问题。杉本在往通向河堤的上坡路段骑行时，自行车前轮悬空翘了起来。用她本人的话说，骑在上面心惊胆战。小规格的自行车载着这么重的东西，很难掌握平衡。这一点，不实际模拟一下不会注意到。然而，在菅家的供词里，却完全没有提到这一点。更奇怪的是，在越过河堤下坡的时候，他反倒供述说"使用了刹车"。无论是谁，骑车下坡必然会用刹车，单凭想象都可以给出这样的供词。可是警方却把这条供述看作"隐秘的细节"（指只有犯人才知道的细节）。

测试这天，入夜后的月相与案发当天相同，没想到抛尸地点一片漆黑。再加上河滩坑洼不平，在上面行走异常艰难，不管做什么都很费时间。而菅家买东西的超市8点就要关门。他在认罪口供里供述说"大概花了15分钟买东西"，所以必须在7点45分之前赶到超市……

走完全程，我确认了一下秒表。

虽然不能断言绝对不可能，但时间相当紧张。这名杀人犯先诱拐了一名女童，让她坐在自行车上，前轮悬空着带她走。然后把女童杀害，再全速冲到快要关门的超市，找一些吃的当晚饭……

我难以释怀，总觉得哪里不对劲。

菅家的认罪口供里唯一让人觉得清晰而具体的，就是那张罗列了"饭团、炸肉饼、罐装咖啡"的购物清单。但问题是，我把超市保留的案发当天的"购物小票存档"全部确认了一遍，都没能在上述案发时段找到卖出这些商品的记录。关于这一点，警方和辩护律师团也在菅家被捕后进行了调查，结果和我相同。辩护律师团指出，当天"下午3点02分"，有一条购物记录与这张清单基本一致。律师们认为菅家在那家超市买东西的时间很可能比他供述的早了五个小时，并以此为证据主张菅家无罪。然而，二审判决没有认可这项证据的效力，认为"供述相当含糊""要判定当天的购物情况极其困难"，从而驳回了上诉。

明明是同一份认罪口供，杀人的部分有助于判决便被采纳，而买东西的部分却被认定为"相当含糊"，这不是典型的双重标准吗？！

另一个"影子"浮出水面

那么,犯人的另一项"必要条件"——"恋童癖"又是否与实情相符呢?

菅家被捕后,报纸上登出了各种报道:"45 岁的恋童癖""租借了一处'周末的隐秘乐园'""据说发现了少女参与拍摄的成人录像带及色情杂志"(摘自《读卖新闻》1991 年 12 月 2 日刊)。

我问了当时的刑侦干部,据说消息的来源果然还是那名巡警部长。干部的原话是:"全靠我们那名优秀的驻警敏锐地发现了问题。他那鼻子可真够灵的,那房子就像一处秘密基地,那里面……放了好多恋童癖喜欢的录像带什么的。"

菅家的房间里发现了两百多盒录像带,其中也包括《寅次郎的故事》《夺宝奇兵》以及《座头市》等电影,警方只收缴了里面的成人录像带。这些录像带也和自行车一样,已经被退回,保存在仓库里。我征得当事人同意后,打开了堆叠在一起的纸箱,逐一查看了里面的东西,被收缴的录像带总计 133 盒。

内容确实属于成人向。但每一盒都是市面上销售的常规商品,就片名来看,不外乎《巨乳 Best10》《E 罩杯传说》《艳乳逆袭》等成熟性感型女性出演的片子。无论是录像带还是杂志，都没有显露出任何恋童癖的迹象。

我还设法打听到了菅家过去经常光顾的录像带租赁店，进行了采访。菅家以前每周五都会到这里来租录像带，女店长清楚地记得他。她告诉我说："成人向的都是巨乳系。恋童癖？警察也问过，完全没有。另外就是黑帮电影。"

所以到最后，警方侦查时并没有找到任何一项指证菅家是恋童癖的证据。

菅家被捕前不久，他做校车司机的幼儿园把他解雇了。关于解雇的理由，菅家全然不知情，但实际情况是，认定菅家就是罪犯的刑警去幼儿园打探他的情况，园长震惊之余，做出了解雇的决定。就这样，菅家成了无业人员。他被捕的时候，警方公布的信息是"逮捕了一名45岁的无业男子"。这些虽然都是"事实"，但真的可以称之为"真相"吗？

那么，本案有没有目击证人呢？

警方并没有找到案发当天看到菅家骑车载着女童的目击证人。非但如此，据说甚至都没有人在小钢珠店里看到过菅家。我向当时的刑侦干部抛出了这个疑问，他的说辞是："菅家个子小，不怎么引人注意嘛。"

然而，随着采访不断深入，却有另外一个可疑的"影子"——菅家以外的另一个男人——浮出了水面。

案发当天傍晚6点40分前后，有人目击到一个身形瘦长的男人和一个小女孩越过小钢珠店后方的河堤，步行下到河滩上。

目击证人一共有两位，一位是男性，当时正在练习高尔夫；另一位是家庭主妇，在河滩公园里陪孩子玩。两人的目击证词基本一致。

我采访了练习高尔夫的男人吉田先生（化名），他说："我那时不经意地朝河堤那边瞥了一眼，就看到一个男人牵着一个小女孩的手从河堤上走下来。"

那个男人长什么样子呢？

"瘦瘦高高的。对了，整个人的感觉，就跟漫画里的鲁邦三世一模一样。"

我给他看了菅家的照片，对方否定说："不对不对，完全不一样。"

另外一位目击证人——家庭主妇的采访工作遇到了一些困难，因为她已经从足利市搬去了别处。我多方打听，好不容易见到她时，距离我开始采访已经过去一年左右。

案发时，松本女士（化名）在足利市做美术老师。

那天，松本女士正在秋千附近和孩子一起寻找四片叶子的三叶草。她不经意间抬起头,看到一个年幼的女孩和一个男人走在夕阳映照的草地上。

松本女士说:"女孩一摇一晃地跟在男人身边。一切都很自然,氛围就像在散步一样。那孩子看上去似乎也很安心,让人感觉她很信任那个男人,所以才跟着他走。"

她还说:"我记得男人穿了一件白色系的衣服,身材不是那么魁梧。他几乎走的是一条直线,朝着河的方向大步流星地走着。步子真的很大。"

而那个女孩和真实一样,穿了一条红裙子。

"女孩剪了一个童花头,红色裙子很醒目。上衣的颜色比裙子浅那么一点……"

松本女士说,因为那天她的女儿穿了一条粉红色的裙子,所以她不自觉地做了对比,记住了女孩的衣服。这样的证词或许只有女性才能给出。

松本女士的丈夫也对当时发生的事记忆犹新。他说:"我妻子是教画画的,对她自己看到的东西,瞬间记忆能力非常出色。案发没几天,看新闻的时候,电视里放出了女孩的照片,她马上叫起来:'啊!我看到过这孩子!'所以我们马上联系了警察。"

当时,松本女士还画了一幅速写。

速写用铅笔绘成,没有上色。画面左侧是用透视法画的河堤，中央画着一大片草地，一大一小两个人正从草地上穿过。二人从画面左侧走向右侧。大步前进的男人就是"鲁邦"，穿裙子的女孩紧跟在他身旁。

男人和女童行进的方向，即画面右侧，正是发现尸体的地点。

这两个人，难道不应该才是真正的案犯和被害人真实吗？

事实上，案发后不久，警方给两位目击证人做了笔录，并进行了实地勘验。之后，这两份目击证词却像烟雾一般消失得无影无踪。其原因正是菅家在认罪口供里供述说"用自行车实施了诱拐"。可以想见，在那之后，这两份与认罪口供存在出入的目击证词，对警方而言很可能变成了一种阻碍。

神话破灭

经过一系列采访，我强烈感到菅家的认罪口供疑点重重，真正的案犯很可能另有其人。话虽如此，但DNA类型鉴定这一强有力的"物证"无疑是一道挡在我面前的屏障。

在我进行采访的年代，DNA类型鉴定的结果"无可动摇"。只要鉴定结果"吻合",大家都会觉得这个人必定是犯人无疑。而且人们相信科警研的鉴定绝对不可能出错——这样想也是理所当然的。

然而,当我对此展开一番调查后,我渐渐看出了其中的破绽。

我采访了DNA类型鉴定方面的专家,从他那里得知,在本案发生的年代,DNA类型鉴定尚处于类似试运行的阶段,还没有发展到"实战"水平。事实上,20世纪90年代初期的DNA鉴定和血型鉴定一样,以"型"来分类。在MCT118法的鉴定中,DNA被分成325种类型。也正因为这样,本书将其明确称为"DNA类型鉴定"。考虑到之前的ABO血型鉴定只能分出四个类型,应该说确实有了飞跃性的进步,但说到底区分的仍然是类型,所以还是会出现多人同型的情况。

资料显示,"足利案"犯人的DNA类型是"16-26"型。

资料上还记载,菅家被捕时,DNA类型同属这一型,而且血型也是B型的人,占比是"1.2‰"。但其后随着样本数量不断增加,到1993年时这一比例上升到"5.4‰",达到原先的四倍多。鉴定的准确率下降了。据菅家的辩护律师团推算,单单足利市内就有超过两百人属于同一类型。

另外,关于科警研的鉴定方法,之后也曝出了重大问题。信州大学的研究人员在1992年的"DNA多型研究会"上指出了这个问题。

鉴定时,为了判别DNA的"类型",科警研在实验装置里使用了一种名为"碱基梯状标志"的"标尺"。他们以此为基准,标定不同"类型"的数值。然而,信州大学的实验显示,这种"标尺"与科警研所用的实验装置存在冲突,无法取得正确的鉴定结果。问题指出后,科警研将"标尺"更换为其他物质。换言之,他们也认为过去使用的"标尺"存在欠缺。

但奇怪的是,科警研并不承认之前鉴定的DNA类型有误。他们诡辩说,只要给先前的鉴定数值加上2或3,就可以换算成现在的鉴定结果。

比如,把"14"改成"16","16"改成"18","26"改成"30"就可以了。就这样,案犯和菅家的DNA类型从原先的"16-26"型变成了"18-30"型。

更改鉴定数值……

按理说,DNA类型鉴定应该是一种科学鉴定,可现在却随随便便改了数字,这难道不正是"无可动摇的神话"破灭的前兆吗?

身陷囹圄的菅家多次在信里表示:"希望重新进行一次DNA鉴定。"

这个要求合情合理。科学引以为傲的正是结果的可再现性，只要再鉴定一次，一切都会水落石出。如果管家的DNA真的和犯人的一样，那么使用最新的DNA类型鉴定方法，结果也必然完全吻合。

遗属的声音

在采访报道本案时，有两个人我无论如何都想见一见。那就是松田真实小朋友的家人。

案发至今，真实的父母始终没有接受媒体的采访。或许他们正在某个地方过着宁静的生活，一想到要把他们卷进这场旋涡，我心里也很抵触。但这是为了准确报道案件必要的采访。毕竟，"倾听弱小的声音"是我的采访原则。在这起案件中，需要倾听的正是年仅4岁就惨遭杀害的真实的声音，而能够为她代言的只有她的父母。

我千方百计找到了真实的母亲松田瞳，让她给我打了电话。然而，对方的态度拒人千里。

她对我说："你这是在搅乱我们的生活，请不要再写信来了。我们不会接受任何采访。今天给你打电话，就是想明确告诉你这一点……都过去这么多年了，你还想怎么样……"

往事不堪回首，为什么一定要再一次挖出来……我深切体谅对方的这份心情。对方打来的电话被设置成拒绝显示号码。我预感到只要挂了这通电话，这场采访或许也将随之结束。我只能尽我所能拿出最大的诚意，让每一句话都发自肺腑。

案件被害人和采访记者，两者之间必然横亘着一道巨大的鸿沟。那时我唯一能做的，就是一寸一寸地尽可能拉近彼此的距离。我绞尽脑汁地编织着词句。

不知是不是我的诚意打动了对方，在城郊一座家庭餐厅的一角，我如愿见到了松田女士。

"事到如今，不管我说什么，结果不都一样吗？犯人不是已经被捕了吗？都这么多年过去了，还有什么可采访的？"

"被捕在监狱里服刑的菅家，在申诉他是冤枉的。"

"都这么久了……反正，我相信那个男人就是犯人。这些年，我一直都深信这一点。"

据松田女士说，当年因为媒体的过激报道，他们夫妻甚至没能去旁听庭审。她痛失了最爱的女儿，跌入了绝望的谷底，在那种时候，媒体却把她的家团团围住，长时间用照灯和闪光灯对准他们，还现场直播守灵和葬礼。不用说，在她眼里，我也不过是一丘之貉。

松田女士说:"案发后的那段时间,我们家的窗帘从早到晚都拉得严严实实。晾在外面的衣服就那样挂了一两个月,根本没办法收回来……"她说他们夫妻搬了一次又一次家,换了一份又一份工作。

松田女士平日里既不看报纸也不看新闻,对案件侦查的经过几乎一无所知。她说:"……就是那人把我们家真实带走的,不是吗?警察都告诉我了。"

我说:"他在供词里说,是用自行车把您女儿拐走的。"

我告诉松田女士供词里写着营家让真实坐在车后座上,她听后一脸诧异:"这不可能。我们家真实坐不了车后座。那孩子不会。必须装儿童座椅,否则她坐不了自行车。"

松田女士说以前也都用自行车接送真实去幼儿园,如果车上没装幼儿用的座椅,她就坐不了。这样的细节恐怕只有母亲才知道。

"为什么,偏偏是我们家的孩子……我也知道这都是命。可那时候,她就是我生命里最耀眼的天使。对那样的天使居然也下得了手,简直不是人。那孩子又有什么过错呢……"

松田女士说这话时,神情无比落寞。

突破口

在许多人的协助下,我的采访取得了一系列成果,但一直没有发布报道。

采访和报道,两者有着天壤之别,不能画等号。不管怎么说,首先要拿出掘地三尺的精神进行采访,这是大前提。之后必须谨慎分析,决定在什么时候报道什么内容,以及报道到什么程度。进行调查报道时,这一点尤其关键。

2008年1月,采访开始半年后,关于这起案件的系列报道在日本电视台的专题节目《ACTION 震动日本大行动》中拉开了帷幕。

节目开始先介绍了"北关东连续诱拐杀害女童案"的背景和推论,紧接着引出"足利案",提出采访中遇到的疑问,由此揭示冤案的可能性。

节目旁白使用了常规新闻里不太可能出现的假设句式:"如果服刑人员菅家真的是无辜的,那就意味着这五起案件无一告破。"

"服刑人员菅家希望重新进行 DNA 鉴定。"

最后,节目以这样一段话收尾:"今后,我们将对这五起诱拐杀害女童的案件追踪到底。难道真的不是同一名犯人所为吗?真正的案犯此刻仍然潜逃在外。"

之后,该系列报道纵贯傍晚的新闻和多档报道节目,在电视上频频登场。

在当时那个阶段,没有任何一家媒体跟进报道"足利案"。

电视台内部和外部都能听到各种质疑的声音:"那个报道没问题吗?""最高法院下达的终审判决,应该不会有错吧?"确实,新闻报道公然叫板最高法院的判决,这样的事例鲜有耳闻。

而我最担心的事到底还是发生了。

就在系列报道开始播出的第二个月,"足利案"的再审申请被法院驳回。

宇都宫地方法院整整五年对菅家的申请置之不理,偏偏就在报道开始播出后不久驳回了申请。我耳边几乎能听到警察和其他同行的冷嘲热讽:"所以才说这事不能碰嘛……"

我顿时陷入了绝境。

多数情况下,大家都认为调查报道需要让政府机关在事后承认报道内容,或者吸引媒体同行跟进发布同样的报道,如果不能取得这样的成果,就不能认为报道是"成功"的。按照这种理论,"刚刚报道说或许存在冤案的可能性,法院就驳回了再审申请",恐怕再没有比这更失败的了。这就好比法官直接做出了裁定,对众人宣告"绝无冤案的可能""新闻报道有误"。

难道说，从一开始就是我弄错了……

不，不可能……经过之前的一系列采访，我敢肯定自己没有错。就算是最高法院做出的终审判决，不合理的就是不合理！

连DNA鉴定都没有重做，就直接请吃"闭门羹"，这样的结果我无法接受。

菅家立刻向东京高等法院提起上诉，要求再审。

只要重新进行DNA鉴定就可以为这起案件打开突破口，这一点显而易见。然而在崇尚先例主义的保守国家日本，做到这件事只能是痴人说梦吗？既然这样，不如暂时调转矛头。我决定先报道一些国外的案例。说起来，在DNA类型鉴定方面，美国走在世界前列。我稍微查了一下，很快发现美国已经在使用DNA类型鉴定为那些被判处死刑或者无期徒刑的犯人洗刷他们的冤屈。

这可真够高明的。用DNA类型鉴定来破案，就算类型吻合也只能说明"是案犯的可能性比较高"，但如果不吻合，那就"绝对不可能是犯人"，这样的证据堪称完美。

美国曾经掀起过一场被称为"昭雪计划"（Innocence Project）的社会运动，呼吁为那些被判处有罪但申诉说自己蒙冤的囚犯实施DNA类型鉴定。据说运动掀起后，已经有两百多名服刑人员洗刷了冤屈。

我坚持着自己的报道,一边介绍美国的这些案例,一边主张:日本是否也应该效仿,重做鉴定?

重新鉴定

系列报道开始十个月后,事情终于有了进展。

菅家就再审事宜提起上诉的东京高等法院,决定在日本首次实施 DNA 重新鉴定。我事后听说那位法官素来很关注欧美的法律体制。

2009 年 1 月,第二次 DNA 鉴定终于开始了。

鉴定人一共有两位,一位是检察方推荐的大阪医科大学教授铃木广一,一位是辩护方推荐的筑波大学法医学教授本田克也。两人都拿到了多年来由法院保管的沾有犯人精液的衬衫,以及在千叶监狱服刑的菅家的血液等样本。两位教授各自将样本带回研究室,借助电脑以 STR 法[1]这一最新技术进行鉴定。如果鉴定结果"吻合",

---

1 STR 是 Short Tandem Repeat 的缩写,中文译作"短串联重复序列",是一种在基因组中广泛存在的序列重复结构,通常由 2 至 6 个碱基组成。由于序列的重复次数在不同个体间存在差异,STR 法通过测定重复次数来进行个体识别。

就可以认定菅家就是犯人。

4月的某一天，我得到了消息：两位鉴定人鉴定的结果均为"不吻合"……

这项证据完美得不容置疑。科学证明，菅家"绝对不可能是犯人"。

如此一来，就连检方都乱了阵脚。这也在意料之中，他们自信满满地重新实施鉴定，可万万没想到结果竟然是不吻合。不知是不是真的慌了，检方采取了一项意外的行动。

真实的母亲松田瞳告诉我，检方突然联系了她。她说："他们居然给我来信了。十七八年都没个消息。现在联系又有什么用呢？他们到底想做什么？"

对于检方传召被害人家属的意图，我大概能猜个八九不离十，应该是为了鉴定被害人及其家属的DNA类型。那件沾有犯人精液的衬衫，本来就是被害人真实的衣物。换言之，衬衫上可能沾有被害人及其家属等犯人以外的人的DNA。按理说，鉴定时应该先筛查这些相关人员的DNA类型，在"做了减法"之后，再来判定犯人的DNA类型。但就目前的情况来看，想必当年科警研的鉴定有所疏忽，直接跳过了这一步。

我主动要求陪同松田女士一起应召前往宇都宫地方检察厅。

果不其然，检方的目的正是实施DNA类型鉴定。

检察官对松田女士解释说："东西是从二十多年前的贴身衣物上提取的，这二十年来接触过物证的人很多，我们怀疑检测到的可能是跟案件无关的人的汗液什么的。还有一种可能，这次检测到的或许只是您女儿的DNA，因为用了新技术，所以给测出来了。总之，很可能不是犯人的。"

松田女士同意配合鉴定，并把真实的脐带借给检方以检测真实的DNA。

不过，松田女士和检察官的交谈延伸到了一个让我意想不到的话题，松田女士向对方说出了自己多年来的感受。

案发至今，检察方对被害人家属不闻不问。松田女士从我这里了解到案件侦查和审判的经过，逐渐开始对"菅家犯人说"产生了怀疑。

松田女士说："这显然不合理。不管谁看都是错的，那就是错了。"

检察官称呼菅家时直呼其姓氏，没有使用尊称，对此松田女士说："菅家先生，请允许我特意加上'先生'这个称呼。如果菅家先生是无辜的，希望你们尽快改正错误。假如侦查工作确实犯了错，就应该诚恳地向他道歉。现在这情况不管谁看都会觉得不合理，不是吗？"

松田女士还补了一句："难道就连一句对不起都说不

出口吗？！"

被害人家属竟然教育起了检察官，就像一个大人在训责一个孩子……

我把松田女士的这句话收进了好几档节目，在电视上一遍遍播出。

节目播出的第二天，菅家的辩护律师团召开记者会，谴责检方说："被害人家属都已经说出了这样的话，为什么还迟迟不愿意释放菅家先生？"

终于，被害人家属的这句"难道就连一句对不起都说不出口吗"改变了日本的历史。

获释出狱

6月4日，报道播出四天后，我正在上班的路上，手机突然振动起来。

是松田瞳女士打来的。我为几天前的事向她道了谢，她告诉我一个消息，声音异常平静，每说几个字就会停顿一下。

松田女士说："刚才，检察厅那边，给我打了电话。说今天下午，会释放，菅家先生。"

我握着手机，呆呆地站定在了车站月台上。

不用等到再审开始，菅家就能获释了。为了接他出狱，我安排一辆面包车去了千叶监狱。

几架采访用的直升机发出隆隆的轰鸣在空中画着弧线，在它们下方，我的面包车穿过监狱大门，停在了日常出入用的边门前。

没多久，铁门发出一阵轻微的响动，打开了。

最先映入我眼帘的是那头黑白混杂的短发。一副大镜片的金属边框眼镜，一件灰色格子上衣——正是菅家利和本人。

我在车前自报姓名，和他握手。"啊，是您啊。原来您就是……真的太感谢了！"菅家只说了这几句话便握住了我的手，他不停地点头，一时间说不出话来。那副眼镜后面，泪光闪烁。

我按下了数码相机上的录像按钮。

菅家打开车窗挥着手，目不转睛地看着闻讯聚过来的媒体和窗外的景色。我就坐在一边全神贯注地追拍他那一刻的表情。

记者会在千叶市的一家酒店召开。

菅家在麦克风前坐下，平静地开了口："我是无辜的。我没有犯罪。这一点我可以明确地告诉大家。

"刑警们咄咄逼人，态度特别严厉。对我说什么'就是你干的''早交代早解脱'，我解释说不是我做的，可他们根本不听。我不觉得这件事道个歉就可以当作没有发生过。我绝对不会原谅当时的那些警察和检察官。"

会场里弥漫着一种不可思议的寂静,除了快门声再听不到别的声音。

"十七年,我整整忍受了十七年。我希望那些警察向我道歉……被警察逮捕后,我父亲很快就过世了。两年前,我的母亲也走了……这不是一句'搞错了'就可以一笔勾销的。请那些人把我的人生还给我。"

菅家被捕两周后,他的父亲震惊之余病情加重,与世长辞。两年前,他的母亲也告别了人世。菅家被捕时45岁,如今已经62岁。他说的每一句话,每一个字,很难不让人感受到岁月的沉重。

风向彻底变了。

东京高等法院决定对本案进行再审。

枥木县警局总部长当着众多媒体的面向菅家鞠躬致歉:"这么多年让您受委屈了,在此我由衷地表示歉意。"菅家被捕时获颁的警察厅长官奖等奖赏也都被主动退还。

案件由宇都宫地方法院开庭再审,法官对被告全程使用尊称,称呼其为"菅家先生",这样的庭审极不寻常。毋庸赘言,判决自然是罪名不成立。

关于一度被认定为无可动摇的 DNA 类型鉴定,判决书指出:"虽然最高法院在判决中认定其由'具备专业知识、技术及经验的人士,以恰当的方法进行',但不得不说仍然留有质疑的余地。就现阶段而言,本案的DNA类型鉴定报告不具备证据效力。"

判决书就菅家的认罪口供指出:"在本案中促使菅家氏主动认罪的最大原因,乃是刑侦人员将本案DNA类型鉴定的结果告诉了他。"也就是说,法院承认因为DNA类型鉴定堵死了菅家的退路,所以才导致他被迫认罪。这是一份足够明确的无罪判决。

庭审的最后,法官注视着菅家的眼睛,说了下面这段话:

"我们没能充分听取菅家先生真正想说的话,剥夺了您的自由。作为审理本案的法官,我们由衷地向您致歉。"

说到这里,三名身穿黑色法袍的法官齐刷刷地站了起来。

三人低下头,深深鞠躬:"对不起!"

法官们在法庭上当场致歉。

这样的光景在日本恐怕是第一次出现,我看在眼里也被深深震撼了。

与此同时,我内心也升起一个疑问:"为什么迄今为止大家都觉得DNA类型鉴定无可动摇?"

如果刨根究底，就可以发现在菅家被捕前后，警察厅正在宣传科警研的DNA类型鉴定技术。当时，警察厅通过记者俱乐部的记者，像做广告一样把这项技术推入了公众视野。不少新闻报道之前都播报了这个消息。警察厅和科警研希望尽快把这套系统用于刑侦破案。事实上，就在菅家被捕的三周后，警察厅在下一财年获批了大约1.16亿日元的预算，名目正是鉴定设备费。被DNA类型鉴定蒙蔽了双眼，给这起"平成大冤案"推波助澜，不得不说媒体负有重大责任。

追访真凶

我为什么对报道足利案这样执着？

在前文中我也说过，我对所谓的冤案并不感兴趣。我真正想追踪的是"北关东连续诱拐杀害女童案"的真凶。所以对我来说，菅家获释并不意味着尘埃落定。

案发当天，在渡良濑川的河滩上练习高尔夫的吉田先生这样说过："就跟漫画里的鲁邦三世一模一样。"

从采访初期开始，我就一直在寻找这个酷似鲁邦的男人。在报道菅家冤情的节目开播之前，我终于锁定了一个可能性极高的人物。正因为我的采访刨根究底、毫不妥协，所以才能自信地推出要求"重新进行DNA鉴定"的系列报道，并在电视节目上公然宣称"真正的案犯此刻仍然潜逃在外"。

我们先来总结一下这起连环案犯人的共同特征：

·男性，熟悉足利市和太田市的地理环境。吸烟，休息日经常在小钢珠店出没。
·身高在1.56米到1.6米左右。嘴甜会说话，不会惹哭年幼的小女孩。
·B型血。
·就案发年份推测，截至2007年，年龄在50岁左右。

我在采访冤案的同时，几乎每天奔走在枥木和群马两县的交界处，一家一家走访小钢珠店打探消息，终于找到了一个符合上面这些特征的男人。

从清晨到深夜，我对这个男人持续进行了跟踪和盯梢。当然，我做得万分谨慎，绝对没让对方察觉到。就这样，我渐渐摸清了"鲁邦"的行动规律，归纳如下：

单身。周末经常在两县交界处出没。不时前往足利和太田的小钢珠店，从早到晚叼着香烟打小钢珠。我多次目击到他和看似认识的小女孩在一起，牵女孩的手，把女孩背在背上，亲昵地和女孩说话，有时还抱起女孩脸贴脸，并拍下录像。

我还设法拿到了几张"鲁邦"年轻时的照片，简直和漫画里的鲁邦三世如出一辙。我用照片进行了一项测试，测试对象就是把这个男人命名为"鲁邦"的吉田先生。我极其自然地拿出男人年轻时的照片，不动声色地请吉田先生看了看。

吉田先生第一眼便一脸惊讶地说："就是这个样子……没错，就是这样的。"

过了几天，我又再次请吉田先生看了照片，他一副拿我没辙的样子笑着说："实话跟你说吧，真的很像。跟那家伙简直一模一样。"说着，他还不停地点头。

不仅如此，使用最新方法重新进行的鉴定揭示了"真凶的 DNA"。

鉴定人之一的筑波大学教授本田克也给出的犯人的鉴定结果，和"鲁邦"的 DNA 完全吻合。高精度的 STR 法进行的鉴定显示，无论是男性特有的"Y 染色体"，还是男女都有的"常染色体"，"鲁邦"都和犯人完全一致。理论上，使用这种方式进行鉴定时，全部类型完全吻合的概率为百兆分之一。鉴于现实中的地球人口只有七十亿左右，这种理论上的概率已经不具有实际意义。

迄今为止在很长一段时间里，我都对"鲁邦"的情况守口如瓶。

他究竟是什么人,身在什么地方……

即使被害人家属来问我,我也不能如实相告。因为我的原则是,在采访中获得的信息只能用在报道上,而不能在其他场合公之于众。而且考虑到感兴趣的读者和观众或许会自己着手调查,我也不能公开任何有可能给他们提供追踪线索的信息。毕竟,保不准会有人想要"代替执法机构替天行道"。就算对方是一名罪犯,我们也不能纵容这样的行为。

当然,刑侦部门另当别论,案件必须由司法机关秉公处理。菅家获释后,我暗中向最高检察厅的干部和负责本案的警察陆续提供了不少非常具体的信息。但是,那个男人至今仍然若无其事地在北关东的小钢珠店里为所欲为。

按照刑侦部门的说法,足利案已经过了追诉时效,即使本案出现冤情,时效也一样在十五年过去时截止。

但事实上,似乎不仅仅是追诉时效的问题,这里面另有隐情,涉及一些司法的阴暗面。想了解更多的读者,敬请参阅拙作《杀人犯就在那里》[1]（新潮社）。

---

1 简体中文版书名为《足利女童连续失踪事件》（文汇出版社）。

第五章

为何需要调查报道

"官方发布"的陷阱

说了这些案例,相信大家已经明白,盲目听信"官方发布"有时会伴随一定的风险。

在"足利案"中,警方认定菅家是一个恋童癖,并且实施了逮捕。就另一层意义来说,警方在发布会上的发言和相关报道都存在重大问题。当时警方宣称:"能够驱散十二年来笼罩在足利地区上空的阴云,实在令人欣慰。在第三起案件发生后终于将案犯抓捕归案,靠的都是警察心中的这份执念。"但事实上,三起案件一起未破,危险依然潜伏在人们身边。结果五年后悲剧重演,相邻的太田市发生了"女童横山由佳梨失踪案"。

另一边，在"桶川跟踪狂杀人案"中，关于被害人的媒体报道简直令人发指。

警方暗中掩盖利害关系，故意针对被害人放出一些片面的消息。结果媒体鹦鹉学舌直接报了出来，给世人留下了深刻印象，以为"被害人也有问题"，这是一个"坐台小姐的风流情债"。一旦政府部门与主流媒体相互勾结，不断释放错误的信息，那么事后要彻底推翻他们塑造的形象就会变得非常困难。事实上，直到今天，被害人猪野诗织都没能完全恢复她的声誉。

回看这几年，如果要举出一起最恶劣的案例，那恐怕就是"3·11"东日本大地震引发的福岛第一核电站事故的一系列报道。事故刚刚发生时，政府宣称"核反应堆处于正常管控之下""安全壳完好无损"。媒体也一直都是这样播报给民众的。但事实是，那次事故在国际核事件分级表（INES）中的评估分级达到了最严重的"七级"。

直到事故发生大约一个月以后，政府才公布了这个消息。而东京电力公司也是在事发两个月后，才终于承认一号、二号和三号机组发生了堆芯熔毁。这样的做法当然会被外界指责，是利益当事方在发布消息时故意大事化小。

这个案例让我们看清了一个现实："官方信息＝正确"

的等式未必成立。报道绝对不能够变成"创作",这个道理不言自明。对外发布可以确信为"真相"或者"能够反映真相"的消息,捍卫"国民的知情权",这才是报道存在的意义。我们绝不应该盲目轻信"当局"的官方发布以及那些道听途说的消息,必须通过自己的采访仔细验证,确认消息是否属实。

调查报道为何被人敬而远之

当然,这并不是说"官方发布"毫无价值。对于政府部门或企业发布的消息,如果每次都要怀疑其真假从头查起,那么做一条报道花费的时间未免过多。值得庆幸的是,日本的"官方发布"多数时候绝对不是"睁眼说瞎话"。

而且,在播报一些正在发生的事情,比如地震、海啸、台风等灾害或者案件和事故时,新闻的速度也至关重要。

换个角度看,就现实而言,要增加调查报道的数量极其困难。

纵观各大媒体的报纸和新闻,能够称之为"调查报道"的报道少之又少。这不仅仅是因为"成本"的原因,毕竟采访和取证要耗费相当多的时间和精力;而且还因为能够为采访内容提供佐证的东西实在太少,所以"风险"无处不在。

更何况,千辛万苦报道出来之后,如果能够获得一些营利性的回报,比如报刊的发行量猛增,或者收视率猛涨之类的,那倒也说得过去。但事实上,这些都不存在。撇开情怀说句实话,调查报道的收益低得吓人。也正因为这样,调查报道才会被敬而远之。报刊和电视上的绝大多数新闻,都是那些"想要发声的一方"发布的消息。

据我所知,专业从事调查报道的记者几乎不存在,就算是我本人,也绝对算不上"以此为业"。我不过是害怕报道内容出错,才会想尽办法去采访调查。

我为何坚持做此类报道

那么,我们应该如何"评价"调查报道呢?

在前文中我也提到过,大致有两种评价标准。一种是政府机关在报道发表后承认报道内容属实,另一种是其他媒体同行跟进发布同样的内容。比如以"桶川案"为例,采访中追查到的凶手最后被绳之以法,同时警方篡改欺瞒的不当行径也得到了曝光。后来,日本国会还通过了《跟踪狂管制法》。正因为取得了这一系列成果,周刊杂志关于这起案件的报道才能够得到社会认可,被奉为调查报道的成功案例。

再来看看"足利案"。菅家在本案中成功洗脱了冤屈,而对于法院已经下达死刑或者无期徒刑判决的大案要案,本案也为它们的启动再审开辟了道路。可以说,本案对之后的"东电女白领遇害案"[1]"布川案"[2]以及"袴田案"[3]都产生了积极的影响。不仅如此,换一个角度看,因为这起案件,DNA类型鉴定在刑侦中不再被视为绝对不可动摇的铁证。

但另一方面,我推断为真凶的"鲁邦"依然逍遥法外。迄今为止,我先后多次通过电视、广播、杂志、书籍以

---

[1] 1997年3月19日傍晚,东京电力公司一名39岁的女职员被人勒死在家中。警方抓捕了住在附近的一名尼泊尔男子,经审判,该男子被判处无期徒刑。但其后再次实施的DNA类型鉴定推翻了判决结果,案件开庭再审,尼泊尔男子无罪获释。

[2] 1967年8月,茨城县利根町布川地区,一名以做木工为生的独居老人在家中遇害,两名同样居住在利根町的男青年,被指控犯下抢劫杀人罪,并被法院判处无期徒刑。二人曾要求再审,但无果。1996年,两名"案犯"假释出狱后再次要求再审,最终被改判无罪。

[3] 1966年6月30日凌晨,静冈县清水市的一栋民宅着火,一家四口身亡,尸体上有刀刺的痕迹。屋主在一家味噌公司担任专务董事,警方认定在同一公司工作的前拳击手袴田严行凶纵火,袴田被判死刑。2014年,袴田申请再审成功并获释。截至2015年本书日文原版出版时,本案尚未审结。

及网络发布关于这名男子的报道,但很遗憾,他至今没有被绳之以法。就这个结果来看,我的这些报道是否毫无意义?

或许有人会说我碍于面子死不认输,但关于这个问题,我的答案是否定的。

向世人披露至关重要的事实,是记者义不容辞的责任。

哪怕采访结果和政府部门的判断相悖,我认为也应该本着自己担责的原则,将事实公之于众。

菅家被捕后,警方所宣称的"能够驱散十二年来笼罩在足利地区上空的阴云"以及相关的报道都是在误导世人,连续诱拐杀害女童案的犯人其实一直逍遥法外。把这个潜在的危险告知民众,这样的报道难道不重要吗?身为媒体,如果明知这一重大事实却不敲响"警钟",万一发生了第六起案件,那才叫作失职。

记者沦为信鸽

在没有手机也没有卫星通信系统的年代,怎样才能从几百甚至几千公里开外的采访现场,用最快的速度把报道文章和照片发回总部,曾经是一个相当重要的问题。

许多年前我在报社摄影部工作时，曾听一位资深摄影师说过这样的话：

"想当年，我们可都是用鸽子来送信的。"

据说当时报社屋顶上养了一批信鸽。摄影师带着器材赶赴采访现场时，会在笼子里塞几只信鸽一起带走。在现场冲完胶卷后，他们会把胶卷塞进圆筒形的盒子里，绑在信鸽的身上，再把鸽子放回来。如果去的地方没有通电话，信鸽还要负责送文章。那时候，文章和照片就是靠着鸽子们昼夜兼程飞行赶路才能登上报刊的。

我以前很喜欢这段逸闻。信鸽成了采访记者的得力助手，这样的故事让人听了不由莞尔。

但最近几年，记者自己反倒沦为了信鸽。

只要看看记者会现场，情况一目了然。记者们齐刷刷地摆开一排笔记本电脑，只等发言人一开口，就会不约而同地把键盘敲得噼啪作响。对这个时代的记者来说，"高速盲打"已经成为一项不可或缺的职业技能。

把发言人说的话一字一句无一遗漏地记录下来，用行业术语说就是"文录"。据说是由"记录文本"简化而来。因为不知道发言人什么时候会蹦出一句关键词句，所以不管三七二十一先把全文统统记下来。有时一场记者会要持续好几个小时，也不可能中途停手。这些记者专心致志敲击键盘的样子，简直就跟法院的速记官没两样。

鉴于各家媒体都有各自的截稿规定，记者们一录入完，就会通过无线网把"文录"内容发回总部，目的是和主编以及同一小组的成员共享记者会的内容。这样一来，接收的一方不用到现场也能把握内容，确实可以省去不少麻烦。同时这也有助于进行危机管理，保障报道的准确性。

但问题是，我曾听到一位社会新闻部的主编这样抱怨道："最近这些记者只会发'文录'，却不会把'文录'写成报道。他们根本看不出新闻的点在哪里。有些记者甚至以为只要把'文录'全文发回给主编，他的任务就完成了。有'文录'能够确认细节，身为主编确实比较放心，可这样搞怎么可能培养出记者嘛。"

确实，最近记者会后的提问环节让人一言难尽。

当发言人询问"关于这部分内容有没有什么疑问"，记者说的却是："不好意思，刚才×××那部分有些地方没听清楚……"

记者不再一针见血直指问题的核心，或者追问发言中自相矛盾的地方，而是一门心思只想着要把文本录入完毕。其实想想也可以理解，既要高速盲打、记录说话内容、完成"文录"，又要准确理解、把握内容主旨，进而一针见血地追问其背后的问题或矛盾,这根本就是一项不可能完成的任务。至少我做不到。

我刚才说这些记者"就跟法院的速记官没两样",试想一下,如果法院没有速记官,法官需要自己从头到尾进行速记,会是怎样一番情形?恐怕庭审会充斥着"刚才的供述能不能麻烦你再说一遍"这样牛头不对马嘴的对话,法官绝对分不出精力做什么重大裁决。

人在全神贯注地进行手上工作时,大脑的思考能力就会减弱。从本质上说,记者的本职工作并不是一字一句毫无遗漏地报道信息发布方单方面发布的消息,而应该用自己的头脑进行思考,仔细审核,然后报道对读者来说重要的东西。如有疑问,就应该当场质询,解决问题。毕竟有些人可能再无机会采访第二次,等回到总部才来懊悔"这一点也该问一问",那就为时已晚了。

被刻意隐藏的"真相"

我来举一个例子。有一次,我去参加一个家电厂商的记者发布会。

我那时在电视台的社会新闻部做记者,因为一些机缘巧合参加了一场本来应该由经济部负责的记者会。厂商给每个人都发了厚厚的资料，配合视频进行详细说明。发布会的主旨是关于增产新型电视机的，听下来似乎主要有下面四项内容：

一、把新型电视机的月产量增加到×万台
二、增加××县工厂的生产线和员工
三、为配合增产计划，合并□□县工厂和××县工厂
四、今后的销售战略

在这些消息中，厂商真正想"发布"的是哪一条呢？难道不应该是"第三条"吗？

我看透这一点，假装漫不经心地问了一句。虽然对方没把话说死，但□□县的工厂实际上将被关闭。那家工厂在当地雇用了大批流水线工人，一旦工厂关闭，那些人也就没了工作。尽管厂商极力辩解，说什么"只要工人愿意，可以转到××县的工厂上班"，可两县工厂相隔500多公里，若不搬家绝无可能换厂上下班。

换句话说，不就是"大规模裁员"吗？

但如果厂商直接宣布"大规模裁员"，估计员工们难以接受，社会也会追究企业的道德责任。而且这项决策会导致大批人员失业，又不可能暗箱操作。基于这一系

列考量，厂商故意在发布消息时放出烟幕弹，同时宣布"增产新型电视机"这一看似正面的消息。难道不是这样吗？

当然，我们这些社会部记者素来坏心眼多、猜忌心重，这一番猜想可能只是我一贯以来的思考回路使然。这样想着，我第二天对比了一下各家报纸的报道。

果然有报社钻进了厂商的圈套，大标题直接就用了"新型电视机增产至×万台"。不过，也有两三家报社报道的是"××公司将关闭□□工厂"。

我在这里只是举一个例子，无意批评这场记者会。换作任何人，都不会愿意大张旗鼓地宣布一个对自己不利的消息。关键在于，如果记者没有能力透过表面看清"真相"，发布信息时就会被人轻而易举地操控。

不可理喻的"记者俱乐部"

我在前面已经提到过记者俱乐部的机制。各大政府机关等都开设有记者室，俱乐部相关工作人员的工资、水电费以及通信费等几乎全部由税金支付。然而，在采访"桶川案"等案件时，就因为供职的媒体没有加盟记者俱乐部，警方直接拒绝了杂志记者的采访。

根据日本新闻协会编辑委员会发布的定义，记者俱乐部是由"持续采访政府机关等的新闻媒体人组成的'为采访、报道服务的自发性组织'"。后文还写道:"回顾历史,日本新闻界通过组建记者俱乐部团结在一起,多年来一直在要求不愿积极配合的政府机关公开信息。"

理念和历史确实让人肃然起敬,可为什么到最后就演变成了不加盟的人(媒体)就不能采访了呢?

关于这么做的理由,政府那一方的说辞是:"如果我们接受非加盟媒体的采访,俱乐部那边会来抱怨。"

我依然不能释怀。

过去在杂志社做记者时,采访被拒早已经是家常便饭,我一般也就应一声"好的,明白了",然后转战去其他采访点。但也有一些时候,对方对待我的方式几乎可以说是在"妨碍新闻自由"了。

1992年,时任埼玉县知事的畑和打算离任,我得到消息后打电话给县政府宣传科申请采访,对方告诉我傍晚6点召开记者发布会。那时我在周刊杂志做摄影师,想着先拍个照片再说,于是去了县政府。

我到宣传科后,一名身穿西装的年轻男子走出来,冷冰冰地对我下达通告:"必须是记者俱乐部的成员才能参加记者会。"

又来这一套。

"只是在后面拍拍照而已,这总没问题吧。"我一边说着一边递上名片。对方虽然有些不情愿,但到底跟我交换了名片。可出乎意料的是,我收到的竟是一家通信社的名片。男子并不是县政府的职员,而是时事通信社的记者,碰巧在那段时间担任俱乐部干事。

我和他在门口争论了一会儿,他给了我一句:"俱乐部就是这么规定的。"

蛮不讲理。

我不再理会他,径直去了记者会会场。大厅相当宽敞,足以容纳数百人,可时事通信社的记者再一次挡住了我的去路。会场明明空空荡荡,可他却说:"进不去了。"一县的知事在县政府的大楼里宣布离任,却由一家通信社对别家媒体的采访活动指手画脚,实在令人费解。对未加盟的媒体来说,自己和这种自发性组织的干事,不应该是八竿子都打不着的关系吗?说来也巧,我那时刚好住在埼玉,是"埼玉县民"。也就是说,我既是选民,又是纳税人。

其他杂志的记者乖乖退回到走廊上,只有我据守原地。结果,响起了一阵"滚出去!"的"大合唱"。我环顾四周,发现身边围起了近百名俱乐部成员。想当年,我被黑社会组织的两百多个小混混围着,还不是照样拍照。谁怕你们这群朝九晚五拿工资的乌合之众？我依旧若无其事，原地不动。TBS电视台的一名摄影师冲我大声吼道："少废话，快滚！"

东京的一家电视台凭什么要求我这个埼玉县民滚？说起来，我还是你们家电视台的观众呢……

因为摄影队伍里混进了一个不速之客，会场一片混乱，就在这时，知事走了进来。电视直播开始了。时事通信社的那位顿时慌了手脚，突然抬高声音蹦出一句："仅限开头五分钟，允许你拍照！"对方终于特别开恩，"允许"我这样的野生记者进行拍摄了。他这句话一出，刚才那些被赶出去的其他杂志的摄影师也从我身后鱼贯而入。我忍不住嘟哝说："你们这些家伙，抗争的时候当缩头乌龟，现在倒来坐享其成。"

这种冲突真是低级得不行！我和记者俱乐部之间，像这样的摩擦数不胜数。

不过我必须申明，我并不反对记者俱乐部这个组织本身，只是希望他们不要在公开场合妨碍未加盟的记者采访。其本身是一个联谊性质的组织，可为什么会变得开始排挤俱乐部以外的人？

顺便提一句，我曾经从一个加盟俱乐部的新闻记者那里听到过这样的说法。那位记者也热心于追踪采访各种案件,有一次我和他去酒吧喝酒,并排坐在吧台边,他对我说:"我们这些记者追踪的不是案件而是警察,天天围着警察转。"

原来如此。我顿时懂了。我追踪的是案件,记者俱乐部的成员追踪的则是政府机关。两者天差地别。

禁令

那之后,我离开周刊杂志,成了一名电视记者。我个人没有加入任何一家记者俱乐部,不过,我供职的电视台是"俱乐部加盟单位"。就因为这样,曾经引发过一场让我始料未及的风波。

事情发生在"足利案"采访期间。

前面说过,日本电视台报道这起冤案的系列节目播出后,法院重新实施了DNA鉴定,菅家获释出狱。此事一出,之前一直对这起案件作壁上观的其他媒体记者,一窝蜂地拥过来采访。鉴于该案突然成了重大司法案件,这倒也在情理之中,但其后发生的事实在荒谬。

"你们为什么只给日本电视台行方便?"

一家民营电视台的记者义正词严地质问菅家的辩护律师团。想必他一定以为,我们播出的那些对被害人家属和目击证人的采访都是在辩护律师团的协助下完成的。那位记者恐怕连"调查报道"这个词都没有听说过。

2010年,菅家经过再审被判定无罪后,警察厅调查当年刑侦工作的问题点,汇总了一份报告。报告内容大多是我已经在报道中指出的问题,比如"忽视目击证人""过分相信DNA类型鉴定"。警方不过是终于站出来承认了自己的错误。换言之,站在日本电视台的角度上说,这些都是已经报道过的"旧闻"。

然而,也不知是什么机缘巧合,我很偶然地提前掌握了这份报告的内容,时间恰好是警察厅召开记者发布会的前一天。据说警察厅的记者俱乐部在第二天上午10点发了资料,但因为内部有"协议",所以各家媒体要到傍晚才能报道这条消息。这就是所谓的"约束",绝不允许抢先报道。

但对于没有加盟俱乐部的媒体人,"协议"也好"约束"也罢,都不存在,即便存在也与自己无关。更何况我得到消息时,资料尚未发放。一直以来,我都是自己一个人安安静静地报道"足利案",谁都没把我当回事。所以这一次我也一如既往,在深夜档新闻节目里捎带着播出了这份报告的概要。

在我看来,这条消息根本无关紧要。

但我万万没有想到，就因为这条报道，日本电视台在之后的两个月被禁止出入记者俱乐部。据说是其他加盟媒体对此有意见。稿子是我写的，我既不是俱乐部成员，也不知道这俱乐部的门开在哪里。我不过是在自己一贯打探消息的烤鸡串店里喝酒撸串时，碰巧得到了这个消息，然后当场打开电脑、写成稿件、发回了总部。请不要嫌我啰唆，我再重复一遍，我是在俱乐部发放资料的前一天报道了这条消息。但根据对方的说法，即使这样也不行。

简直莫名其妙。在孤立无援的处境下坚持独立采访的记者，发布报道时难道也要逐一请示记者俱乐部，得到其首肯不成？这是要置"言论自由"于何地！

什么才是真正的"独家新闻"？

在我看来，所谓的独家新闻大致可以分为两类：

一、消息迟早会公之于众，但比其他媒体先一步报道出来。

二、如果不报道，很可能永远都没有机会披露于世。

第一类就是通常所说的"抢新闻",正如大家所知,各家媒体以秒为单位相互竞速。但对国民而言,新闻的内容是否真的都有必要争分夺秒地报道出来呢?这一点值得商榷。

不用说,如果是地震快报或者海啸警报,那自然要分秒必争。但如果是"东京警视厅基本决定就××一案对嫌疑男子申请逮捕令",或者"据悉网球运动员某某某有意在年内引退"。这些消息不外乎是一些新闻事件的"中间环节",这些新闻迟早会公布,真的有必要比赛谁快谁慢吗?

究竟有谁会迫不及待地想要知道这些消息呢?

媒体人牧野洋曾经说过,谁更早发布报道,对读者和观众而言无关紧要。在美国新闻界,竞速得不到任何赞赏,据说美国人把这种报道称为"自我满足式的独家新闻"。我深感赞同。

我想要报道的独家新闻自然是第二类,我相信只有这类独家才有意义。

话说回来,那次被记者俱乐部禁止出入似乎还有另一层原因。

据我推测,或许还因为消息是由"官方担保"的。

在那之前,我报道的那些消息,比如"初期DNA类型鉴定存在问题"等，都是我自己独立调查所得，没有"警察厅的担保"。不用说，这些报道的责任必须由"我"来承担。所以，没有任何一家媒体愿意跟进报道这些事。然而，这一次情况截然不同。消息由警察厅这一政府机构放出，有人做担保，报道时高枕无忧。于是，记者俱乐部便迅速跳了出来，试图掌握主导权。

我有时会应邀去民营广播电视联盟、新闻协会以及其他报道机构给新人上课或者开办讲座。那些邀请我的干部经常对我说："现在这些年轻记者过分依赖俱乐部，只知道收集政府消息。请你好好训导训导他们。"

可如果问问这些干部自己，会发现其实他们没几年之前也一样靠着记者俱乐部的消息做报道。看来记者俱乐部这东西真是神奇，一方面内部的人觉得这样的机制有问题，另一方面一旦尝到甜头又让人很难撒手。

通常记者俱乐部就设在政府机关的大楼里，记者们在食堂和官员们"同吃一锅饭"。在这样的关系下得到的消息难免不会演变成"喉舌报道"。

比如 2015 年，安倍晋三领导的政府在内阁决议中通过了一系列"国防安全相关法案"，当时的媒体报道很有问题。包括全国性报纸、NHK 以及几家主要民营电视台在内，几乎所有加盟了驻东京记者俱乐部的媒体，最开始报道这个消息时都不带任何抨击性,反而表露出一种近乎支持的态度。反倒是中日新闻集团旗下的《东京新闻》等地方报纸、文娱体育报以及网络媒体,指出这一系列国防法案可能会引发战争。其后又出现了更多不一样的声音,宪法学家指出这些法案"违宪"。直到这时,那些驻东京媒体才终于开始掉转方向。就这件事来看,我只能说那些"生活"在永田町和霞之关[1]的记者的感官恐怕早已麻痹。

这些记者丢失了"用自己的头脑思考分析"的基本准则,一旦没有了"据××公布"这样的担保就写不出报道,结果导致独立采访能力退化,身为记者应该具备的"职业素养"被削弱了。

---

1 两地位于东京,均为日本中央政府机关的聚集地。

第六章

现场超越思考
——函馆劫机事件

不管发生什么先去现场

尽最大努力调查采访,获得信息后,经过深思熟虑再发布报道。这是我一贯的做法,但也有一些时候事发现场的情况瞬息万变,思维根本赶不上变化。用我们的话说,就是"突发事件"。

采访这类事件时,对记者的第一要求是不惜一切代价赶赴现场。无论事发地多么遥远,第一步必须先赶到现场,正视当时的状况,做好记录,并发送稿件。因为这种时候最重要的就是"有记者在场"。

我曾多次亲历这样的现场。每一次,现场状况总能轻而易举地超越我贫乏的想象,甚至让我的大脑一片空白。

如果目的地是灾害现场,还必须保障自己的人身安全。我曾经在大暴雨中驾车前往泥石流灾区,开着开着路突然断了,前方塌成一片断崖。我也曾在本地居民慌忙疏散的时候,坐着渔船登陆火山喷发、天空一片焦红的伊豆大岛。当年我千方百计取道淡路岛进入阪神大地震灾区时,看到架在半空的高速公路已经坍塌,好几辆电车叠在一起、横在地上。

我还跟随自卫队舰艇去过北海道的奥尻岛采访海啸灾区,目之所及是一片废墟。我走在火灾过后残留着余热的焦土上,汽车漂在海里,渔船架在山坡顶。走过一座小镇,房子只剩下一截截混凝土地基,烟雾弥漫;一座灯塔拦腰断成两截,只剩下半截残破不堪地立在地上。

放眼望去,到处都是地狱图景。这辈子应该不会再有机会看到这样惨烈的景象了吧——我一直这样以为,可2011年的东日本大地震轻易颠覆了我的预想。

地震发生后,我开车直奔宫城县。途中经过陆上自卫队搭设的赈灾前线本部,决定收集一些信息。看到与我同行的女主播,加上我手里扛着一台摄像机,一名年轻的自卫官跑了过来。

请不要拍摄……

我料想对方大概是来阻拦我们的,在事故和灾害现场，经常会碰到这样的情况。

可没想到，这个穿着一身迷彩服、长了一张娃娃脸的自卫官两眼湿润地对我们说："拜托了。请拍一拍这里的人。把这里的情况传递出去。每次电视上出现避难所，大家就会异常急切地在画面里寻找自己的家人。请用更广的视角拍摄。电视的力量是巨大的。拜托了，请把这里的画面播出去。"

青年自卫官拼了命地想要说服我们，一遍遍重复着相同的话，他的样子深深打动了我。我第一次体会到那样的感受。

要快。越快越好。去现场。到了现场再思考。

我追着海啸残虐的足迹，沿着海岸线来来回回。名取、盐灶、石卷、南三陆、大船渡、釜石、山田、宫古、田老、久慈……无论我去了多少地方，走了多少路，遇见的都是无边无际的悲伤，每一天都只能感受到自己的无力。但我必须强压下这些情绪，把真实情况传递出去，这就是我的工作。

突发事件

除了灾害采访以外，也会有一些事件状况完全不明。

比如我第一次遇上的"劫机事件"。

"有人劫机。全日空的一架飞机在山形上空被一个自称奥姆真理教信徒的男人劫持了。现在飞机已经降落在函馆机场……"

一切开始于 FOCUS 编辑部值班编辑打来的一通电话。时间是 1995 年 6 月 21 日中午。

杂志社已经派出好几名摄影师奔赴羽田机场。

当时我也是摄影师,需要紧急准备一些采访劫机事件大概会用上的东西。首先是超长焦镜头。社里的"炮筒"已经被先遣部队拿空了。我自己有一支 300 mm 的长焦镜头,但肯定不够。于是我冲到器材厂商面向专业摄影师的服务窗口,借了一支巴祖卡单兵火箭筒似的大口径 600 mm 超长焦镜头。

已经赶到羽田的先遣队成员发来消息:"听说(那飞机)要从函馆飞回羽田。函馆机场已经封锁,万一飞来飞去在路上错过就不好了,所以我们只能等在这里。"

他说的情况完全有可能发生。但问题是如果所有人都像这样干等在羽田,难保不会竹篮打水一场空。毕竟杂志社在北海道没有分部。

仔细想想,一架已经被劫持的飞机一旦着陆,真的会轻易让它再起飞吗? 1970 年发生过"淀号劫机事件",

日本航空公司的班机被劫持。我读过那时候的资料，那架波音727客机当时降落在福冈机场，后来应犯人要求，客机再次起飞，结果就飞去了朝鲜。正因为有过这样惨痛的教训，所以这一次恐怕不会让飞机离开函馆。

我叫上比我晚入职的摄影师饭沼健，登上了飞往千岁机场的航班。

等我们飞到千岁，果不其然，全日空那架飞机仍然僵持在函馆。

我们租了一辆面包车，把装在铝合金硬箱里的镜头、大三脚架、无线对讲机和防寒衣物等一大堆器材装备塞了进去。路上还采购了一些吃的，和一副可以架得很高的四段式折叠梯。简直像在玩借物赛跑[1]。虽然心急火燎地想要尽快奔赴现场，可因为想象不出函馆机场到底是什么状况，所以不得不准备过剩的装备，不能指望有人支援或者轮班。

从千岁到函馆将近300公里，当时几乎没有高速公路。算了算开车大约需要五个小时，我们二人轮流驾驶，朝着函馆一路飞驰。坐副驾驶席的负责用手机和广播了

---

[1] 日本学校运动会的常规比赛项目。参赛选手赛跑时需抽取事先写好的纸条，并根据纸条上的要求向朋友或观众借符合要求的物品，然后带着物品跑到终点。

解最新进展。

新闻在播报，情况很严峻。

犯人有塑性炸药，威胁说随时可以引爆，并宣称还带着沙林[1]。政府已经成立劫机对策办公室，东京警视厅的特种部队也在赶赴函馆。为了应对沙林毒气，自卫队的化学防护队也处于待命状态，海上保安厅出动了两艘巡逻船部署在津轻海峡。

当我们开进函馆机场的停车场时，太阳早已经落山。

放眼望去，很远很远的地方，一架蓝白两色的全日空客机停在那里，被灯光照得雪亮。

首先，必须找一个拍摄点。机场大归大，可是能越过铁丝网进行拍摄的地方并不多。不用说，最好的位置已经被当地的摄影师占据。眼下只有他们的最后一排和NHK转播车之间的一小片空隙，可以勉勉强强挤进去。我们在空隙里搭好刚买的折叠梯和三脚架，把600 mm"火箭炮"架了上去。

可飞机实在太远了。

我在相机机体和镜头之间又加塞了一个远摄增距镜

---

[1] 一种神经毒剂，无色无臭的液体，易汽化。沙林在日本臭名远扬，因邪教奥姆真理教曾发动东京地铁沙林毒气事件，造成十三人死亡，几千人受伤。

（一种辅助镜头），让焦距翻倍，加长到 1200 mm。如果在棒球场正中用这个焦距拍照，可以看到捕手给出的手势。但相应的，焦距加长，图像抖动的风险也成倍增加。更何况眼下拍摄条件恶劣，三脚架和踩在脚底的梯子晃晃悠悠。我想拍摄机体下方，防暴警察和便衣们都聚集在那里，可那个地方特别黑。没办法，谁让那个时代用的还是胶片。尽管我用尽各种手段对底片进行增感处理，快门速度也只能提高到"四分之一秒"。就超长焦镜头的拍摄条件而言，根本就是不可能完成的任务，而我必须排除万难完成它。

我不经意地往周围扫了一眼，《周刊文春》的两位摄影师——自称"不才·宫岛"的宫岛茂树[1]和大仓干吾[2]——也在旁边。我和他们争先恐后地奔走在日本各地的采访现场，既是对手也是伙伴。这次他们也没有懈怠，从东京赶到了这里。果然不是等闲之辈。

---

[1] 知名新闻摄影师，毕业于日本大学艺术学系摄影专业。原供职于讲谈社，1986年因为不满公司拒绝其采访菲律宾革命而辞职成为自由记者。曾深入科索沃进行战地采访，因为与大仓干吾一起拍摄原奥姆真理教教主麻原彰晃狱中照片和金正日访俄照片而成名。
[2] 知名摄影师、作家，毕业于大阪艺术大学艺术学系摄影专业，供职于讲谈社时结识宫岛茂树，二人常常搭档工作，人称"忍者大仓"。

须臾定胜负

客机内部的情况渐渐明朗起来。

据说劫机的男人一手拿一只装有液体的塑料袋,一手举一根类似碎冰锥的东西,威胁称:"这是沙林!"那一年,奥姆真理教刚刚策划实施了"东京地铁沙林毒气事件"。关在密闭机舱里被扣为人质的乘客们,内心该是何等恐惧。男人一直在重复同样的要求:"加满油飞往羽田。"

宽带接收器捕捉到了机长和函馆机场事务所之间的对话。客舱乘务员通过对讲机向身处驾驶舱的机长等人汇报着乘客的情况。后来犯人被捕后,通话录音全部公开,但在那个时候应该只有极少数人知道内容。

(晚上9点10分)

机场:"我们希望和犯人进行谈判。在这个前提下,可以考虑给飞机加油。"

机长:"犯人拒绝谈判。"

机场:"让我们送食物和医生上飞机。"

机长:"犯人说:'大不了所有人一起死,有没有都无所谓。'"

机场:"请再和犯人交涉一下。"

机长:"犯人说:'我的要求你们一个都不满足,你们也别想提要求。现在我要重置(炸弹)计时器,要关闭对讲机了。'"

(午夜12点30分)

机长:"犯人通过对讲机传话,说'结束(杀害)了一个人'。"

机场:"你听到惨叫了吗?"

机长:"从我这里听不到。"

午夜12点37分,又传出了一些消息:"他说五分钟后轮到第二个人""再拖下去,死的人更多。空姐已经蒙住了眼睛"。可以听出情况越来越紧迫。我们实时听着这一连串对话,眼看伤亡不断增加,不由感到心焦。

直到后来我们才知道,这些消息都是"假的"。犯人威胁客舱乘务员,故意向机长通报假消息。

一些乘客用手机拨通了110。

"犯人是男的,就一个人,乘客被他用绳子绑了起来,眼睛和嘴上贴了胶带,但应该没有人员伤亡。"

根据这些消息,警方对客机内的情况有了一定的了解。所以到头来,只有驾驶舱里的机长几人,和我们这些通过无线通信获知了消息的一小部分媒体人员，对机舱里的"假消息"信以为真。当时的我对这一切一无所知，以为这是一起史无前例的劫机事件，继续着我的采访。

隶属于警察编制的特种部队集结到了机体下方，这里是犯人的视觉死角。透过长焦镜头可以看到他们忙忙碌碌，有的在架梯子，有的把一根棒状物探了进去。为避免这些行动被播出在机舱里的电视屏幕上，各家电视台都接到了禁止直播的通知。什么时候开始向机舱发起突击呢？应该会安排在犯人最疲惫的黎明前吧？当天函馆的日出时间是4点整。突击想必在那之前……

3点42分，人一下子动了起来，一个接一个爬上了梯子。突击开始了。

我把长焦镜头交给饭沼，抱着相机冲了出去。一定要拍到犯人。但很不走运，我被负责警戒的防暴警察拦腰截住，连人带相机一起倒地。结果，只落得一身瘀青便被驱逐出场。

而另一边，竞争对手宫岛冲到了机体下面，成功拍到了犯人被警察带走的一幕。

出乎众人意料的是，被捕的劫机犯是一名银行职员（案发时53岁）。他和奥姆真理教没有任何关系，就是个普通的中年大叔。威胁说是沙林的液体不过是一袋子清水，号称塑性炸药的绿色块状物也只是黏土而已。这可真是一只小耗子撼动了一座山。

所有乘客安然无恙。

事件就此落幕。可一想到居然被这样一个男人耍得团团转，非但拍照不成还弄了一身伤，我实在咽不下这口气。第二天警方将犯人移交检察厅时，我又试了一次，想拍一张男人的照片。

然而，男人被送去检察厅时，整张脸都被衣服盖着。

作为一家以照片为卖点的周刊杂志，这个结果简直令人颜面扫地。而身为职业摄影师的我，岂能就此善罢甘休。我继续坚守到犯人被正式逮捕后押送回警署，但情况毫无起色。我一路跟踪押送车辆，可半道上依然找不到机会，车辆已经开回到警署后面，没戏了……就在我准备放弃的时候，那辆车不知为何竟从媒体蜂拥而至的警署边开了过去，驶向了一个出人意料的方向——一家脑外科医院。

看着医院的牌子，我忽然意识到，男人被捕时肯定被特种部队用警棍猛敲了一通脑袋，可能为了给他治伤顺道来了这里。虽说男人纯属自作自受，但对我来说无疑是天赐良机,给了我最后一次拍摄的机会。虽说是机会，但如果被人发现这里也有摄影师，男人的脸恐怕又会被衣服遮挡起来。

那好吧。我找了一个可以远远望见医院后门的位置把面包车停下，准备尝试从车内拍摄。用"火箭炮"的话，这个距离应该勉强可以拍到。

然而这一次，租来的镜头却又出了故障。因为信号的问题，对焦环转不动，这还是第一次遇上。真是一波未平，一波又起。东京那边明明有好些多余的镜头扔着没人用，怎么坏镜头偏就被我赶上了，我欲哭无泪。缺觉加疲劳，我早已经过了极限，精神上那根弦一碰就断。我拼命打起精神，换上自己那支 300 mm 长焦镜头加装远摄增距镜。周围已经黑了下来，取景器里也是一片昏暗，只有医院后门的荧光灯释放着微弱的光芒。

从后门到在门外待命的押送车辆大约有 1 米远。这点距离，只有一次快门机会。我弓背猫腰、眼睛贴在相机上，一等就是两个小时。终于，一个头上缠着绷带、两手戴着手铐的男人出现在取景器里。耳边响起连拍的快门声……刚一拍完，我便被睡魔拐走，失去了意识……

◆ ◆ ◆

虽然结果还算圆满，但采访报道到底责任重大。我那时供职的是周刊杂志，距离截稿还有时间，若换成新闻直播，一旦把机长和机场事务所的对话用快讯播了出去，那恐怕就是一次重大的新闻误报事故。站在那些忧心忡忡、担心人质安全的家属和相关人士的立场上，怕是难以接受这样的误报。

我一直以为"只要在现场直接采访就不会出错"，但这一次的经历彻底粉碎了我心中的这个"神话"。无论什么时候，取证必不可缺。绝对不能被假消息蒙骗。

第七章

倾听"弱小的声音"

——群马电脑数据丢失事件

各方说辞矛盾对立时如何判断

采访某一事件,有时真相看不真切,让人不由感到焦躁。

比如在杀人案嫌疑人的认罪口供中,大家是否读到过这样的文字:

"某某嫌疑人供述称:'被害人X氏恶狠狠地要我还钱,还对我拳脚相加。我一时怒上心头,就拿起边上的烟灰缸砸了他的脑袋,结果他就死了。我本来没打算杀他。'"

这其实都是"犯人的一面之词"。被害人已经去世,无法反驳,所以不可避免地只有加害人的说法流传开来。

真相或许是这样的：嫌疑人欠债不还，考虑到这样拖下去会失去社会信誉，于是有预谋地实施了杀人。他已经设想好，只要用 X 氏房间里的烟灰缸做凶器就不会被认为是谋杀。其后他被捕了，就谎称被害人"恶狠狠地要我还钱，还对我拳脚相加"。

当出现这种"立场对立事件"时，记者应该如何行动？在采访"桶川跟踪狂杀人案"时，我根据被害人的"遗言"找到了实行犯，并发现案发前警方存在处理不当的过失。那时我听到的是一个已经死去的人的"声音"，这"弱小的声音"无比微弱。如果我只听警方发出的"巨大的声音"，并且信之不疑，到最后我极有可能也会写出和其他媒体一样的报道。

对一个社会来说，媒体就像一台扩音器。我始终认为媒体有义务也有责任，把那些无人问津而有可能被埋葬的、微不足道的事实告诉世人。

我会思考这些问题是因为一次采访。那时我正逐渐把在 FOCUS 的工作重心从摄影师转向记者。那阵子经常和我搭档的同事、记者小久保大树拿了一篇报道给我看，标题是"提醒注意工作态度竟被删除电脑数据 企业向离职员工索赔"。（《朝日新闻》1997 年 1 月 22 日刊）

内容是群马县的一家广告公司以员工恶意删除电脑

中保存的客户数据为由，向前桥地方法院提起诉讼，索赔四百万日元。那时电脑还属于新兴事物，我也觉得这条新闻有点意思。

那篇报道的概要如下：此前在该公司任职的一名女员工因为工作态度欠佳，被老板训责。之后，女员工坐到电脑前操作了一会儿，留下一句"我不干了"离开了公司。她走后，电脑里保存的7800多家客户的数据消失了。据说老板后来打电话追问，女员工的母亲回复说："是我女儿制作的，删掉不是理所当然的吗？"母亲承认数据确为女儿所删。

女儿删除了公司的重要数据，母亲供认不讳并认为理所当然。如果单看这篇报道，会觉得这对母女简直不可理喻。

我和小久保记者立刻动身去了群马县。

我们走访了提起诉讼的广告公司，采访了老板，情况正如报道中所写。

"那母女俩也太蛮不讲理了！"老板怒不可遏。我们请老板打开电脑，看了一下电脑屏幕。据说屏幕上原本有一个"数据库软件"，现在整个消失了。老板忍不住嘀咕："损失惨重！"

我们又去了前桥地方法院，调阅了促使记者写出那篇报道的起诉状,也都和报道里写的一样。上面写着:"是我女儿制作的,删掉不是理所当然的吗?"

不过,这毕竟是一起立场对立事件,听取当事人双方的说辞是采访必须遵守的铁则。

我们来到了被告女员工的家。

我们在门口向女员工的母亲了解了一下情况,似乎说法有些不太一样。这位母亲看上去不像是性格蛮横不讲理的人,她用平静的声音告诉我们:"我女儿没有删除过任何东西。她每天闷在家里以泪洗面。"不是说"母亲承认数据确为女儿所删"吗?肯定有什么地方搞错了,还错得很离谱。闹不好会出问题……我脑子里亮起了黄灯。

老板和前雇员。告上法院的原告和在家以泪洗面的被告。

真的能单凭"声音的大小"判定孰是孰非吗?

不管怎样,必须当面听一听本人怎么说。我们说服女员工的母亲让我们见到了她的女儿。听着眼前的女人一边流泪一边细细讲述当时发生的事,一种出人意料的可能性逐渐浮现在我们脑海中……

凭空消失的"损失"

我们带着一个"假设"回到了广告公司。和老板说了两句,请他再一次打开电脑。屏幕上接连跳出启动画面。

等到出现某个画面时,我伸出食指按下了键盘上的某个按键(我那时已经比较熟悉电脑操作了)。这时,屏幕突然切换到另一个画面。上面猛然出现了数据库软件的图标。点击后,陆续跳出一排排客户数据……

没错,被认为已经消失的数据依然留存在电脑中……

原告方老板目瞪口呆:"怎么可能!"他一动不动,两只眼睛死死瞪着屏幕。我毫不迟疑地用相机拍下了这一幕。

究竟是怎么回事呢?

那台电脑之前用的是老式的 DOS 操作系统。据说后来电脑管理员加装了刚发售不久的 Windows 系统,并安装了数据库软件。于是一台电脑便拥有了两套操作系统。被起诉的女员工接受了管理员的培训,会根据目的切换系统使用。

但对电脑一窍不通的老板并不知情,只会像先前一样用 DOS 系统开机。这一来,屏幕上自然不会出现图标。于是老板便以为"数据被删"闹了起来,甚至提起了诉讼。

这可真是闹了个大乌龙。

之后，我们告诉女员工和她的母亲数据都在，二人明显松了一口气。

我们问了女员工的母亲，她说她对《朝日新闻》的记者也做了同样的说明，表示"没有删除（数据）"。但最后报道出来的内容，却和"起诉状"上的一样："据说老板后来打电话追问，女员工的母亲回复说：'是我女儿制作的，删掉不是理所当然的吗？'"

仔细看这句话，会发现这其实是"原告方"单方面的主张。女员工的母亲否认说"没有说过这样的话"，却被置若罔闻。虽然说起来都是"审判资料"，但起诉状也好笔录也好，写的未必就是"真相"。起诉书由检察官制作，起诉状由原告方撰写。从某种意义上说，两者都是带有特定目的、有着利益关系的人主观制作的材料。

FOCUS的主编给我们这篇报道起了这样一个标题：《朝日新闻》大错特错 直击群马女员工"电脑数据消失事件"真相。

主编根据采访结果紧急掉转了报道的矛头。不过这样一来，也同样要遵守"出现立场对立事件时，必须听取当事人双方的说辞"这项原则。也就是说，还必须听一听另一方当事人《朝日新闻》的说法。小久保记者联系《朝日新闻》申请采访，可对方的回复只有一句话："请联系读者宣传办公室。"

不仅如此，《朝日新闻》反而还给我们下了一个绊子。FOCUS 本来要在他们家投放"报刊广告"，可对方却联络说："不可能在自家报纸上登出'《朝日新闻》大错特错'这样的字眼。"真是没辙，明明我们是花了钱的……

虽然《朝日新闻》的报道没有写出原告和被告的名字，但毕竟是小地方的广告公司，女员工就住在附近，写的是谁，当地人一看便知。自己写报道的时候随意编排别人，轮到自己被编排了就要分毫不让地顶回去。我不由愤慨。

不过，那一期《朝日新闻》发行当天，我特意看了一下，广告栏里一字不差地登出了"《朝日新闻》大错特错"的字样。而且翻开社会新闻版，还可以看到这样的报道："离职女员工称'没有删除数据'""公司调查后也表示'数据仍在'"。(《朝日新闻》1997 年 1 月 29 日刊)

报纸以相当于订正的形式刊出了后续报道。只不过就算是到了那一刻，报道仍然把"发现问题的经过"归结为"该广告公司调查后发现"。报道中写道："老板以为数据已被删除，所以拜托熟人重新录入，这时才发现'数据'仍然保存在电脑中。"即便是在这篇报道里，《朝日新闻》记者的写作依然是基于原告方的说法。尽管当时 FOCUS 已经刊出了公司老板目瞪口呆僵在电脑前的照片，以及发现数据没有被删除的具体经过。

好在《朝日新闻》其后继续对这起小小的诉讼案进行了追踪采访，并刊发了后续报道，一直持续到原告撤销诉讼为止。那时的报道上终于出现了被告方家属的话："太好了。我女儿根本没有删除数据，我们原本就准备抗争到底。"（《朝日新闻》1998 年 3 月 20 日）

报道犯的错只能通过报道来纠正。就这层意义而言，《朝日新闻》的做法值得肯定。

无论是判决书还是笔录，无论是起诉状还是报道，全都出自人之手，就会有错误，也会有主观臆断。即便是我，走到今天也不知犯过多少错。正因为害怕犯错，所以才会不遗余力地去采访、去调查。

第八章

"取证"是报道的命脉
——采访"三亿日元抢劫案罪犯"

采访现场,"谎言"无处不在

在上一章里我写到了报道中的误报问题,置身采访现场,这样的风险时刻存在。因为采访现场总是充斥着各种谎言和恶意,这一点实在令人遗憾。

2009年,日本电视台就曾发生过误报。

起因是一家建筑公司的董事在接受采访时透露"县政府职员让我私下开了一个小金库"。负责采访的编导就男董事透露的消息进行了取证。消息本身听起来很像真的,取证时男董事也出示了一些诸如假账户、银行交易记录和一大堆印章之类的证据。但最后证实,整件事都是无中生有。当时的日本电视台台长引咎辞职。第二天,

《朝日新闻》刊发的报道标题取得一点不留情面："草率采访导致误报""轻信人言，取证不足""忘记质疑为先，基本原则抛诸脑后"(《朝日新闻》2009年3月17日刊)。就事件结果和责任归属而言，说得一针见血。

风水轮流转。五年过后到了2014年，《朝日新闻》闹出了"随军慰安妇"报道风波。1982年至1997年间，《朝日新闻》先后刊发了十六篇关于"二战"时强征随军慰安妇的报道。但最后《朝日新闻》不得不承认该系列报道最关键的部分——某知情男子提供的消息"并非事实"。这不正是"轻信人言，取证不足""忘记质疑为先，基本原则抛诸脑后"吗？虽然《朝日新闻》撤下了相关报道，但因当时没有公开道歉而一度成为众矢之的。

像这样被信口雌黄的人蒙骗的事情时有发生。在著名的"伊藤律会面报道风波"[1]中，记者本人就是"谎言的

---

[1] 1950年9月27日（26日发行）的《晚报朝日新闻》和9月27日发行的《朝日新闻》早报刊发了神户分局记者的报道，称其在26日凌晨3点半左右，于兵库县宝冢市的山林里与因为"赤色整肃"（"二战"后，盟军占领日本期间驻日盟军总司令部针对日本共产党及其支持者发动的一场整肃运动）而潜伏在地下的日本共产党干部伊藤律进行了数分钟的会面。其后经当时的法务府调查，发现所谓的会面纯属记者捏造。

源头"。另外,《周刊新潮》登出的所谓赤报队事件[1]"真凶"的"自白手记",也是受了诈骗犯的诓骗。

如此种种,在接受媒体采访时,面不改色信口胡诌的家伙真不在少数。有些时候你甚至完全想不明白他们这样做"动机何在"。

当年"美国成功实施iPS心肌细胞移植"的消息在报刊上占据大幅版面,当事男子还上了电视,可一切都是子虚乌有;一个戴墨镜的男人被一众媒体捧为"失聪的作曲家",骗取了无数人的感动;有个女人穿着一件围裙笑着讲述STAP细胞实验成功的过程。

究竟何为真,何为假……

要想在这样的情况下发布正确的报道,记者只能依靠自己,竭尽所能地进行"取证"。这项理所当然的工作却面临着巨大的困难,因为对方为了骗你,已经准备好了一个精心编织的谎言。那么,在多方采访努力取证,最终却发现消息并不属实,被自己"证伪"了之后,又该怎么办?

---

1 1987年至1990年间发生的由自称"赤报队"的犯人实施的多起恐怖袭击事件,包括袭击《朝日新闻》东京总部、阪神分局、名古屋分部员工宿舍、静冈分局,威胁前首相中曾根康弘与竹下登,枪击利库路特董事长江副浩正以及在爱知韩国人会馆纵火,犯人至今未被逮捕归案。

答案只有一个。

果断放弃这条消息。

无论费了多少工夫采访调查，都只有这一条路。这种时候应该反过来想，庆幸自己没有向世人散布一条假消息。我也有好几次花了很长时间采访调查，但最后徒劳无功。下面就和大家分享一下我在周刊杂志供职时，一次险些酿成大错的经历。

"三亿日元抢劫案罪犯"现身！

那次经历和历史上一起著名的悬案有关，那就是"府中三亿日元抢劫案"。

案件发生在1968年12月。日本信托银行的一辆运钞车行驶在东京都府中市的公路上，车上载有三亿日元现金。这笔钱要运往东芝府中工厂，是厂里员工的奖金。

当运钞车开到府中监狱附近时，一个"骑白摩托车的交警"从右侧追了上来，伸手拦下了运钞车："你们银行巢鸭分行行长家里发生了爆炸。我们接到消息说这辆运钞车上也装有硝酸甘油炸药，所以需要检查一下。"

话音刚落，车辆前方冒出了一股白烟，骑白摩托车的"交警"马上喊道："要爆炸了！快跑！"司机等人手忙脚乱地下车疏散。那名"交警"毫无惧色地上了车，将车移走。但之后，那辆运钞车就这样兀自开走了，连带着三亿日元不知所终，只留下一辆伪造的交警用的白摩托车和发烟筒燃尽后的灰渣……

这是一起在日本犯罪史上占有一席之地的案件，其后关于案犯虽然出现过种种推测，但最终未能将真凶缉捕归案，直到1975年案件过了追诉时效。

但就在1999年，一个名为E的男人自称是本案案犯，说当时就骑着那辆冒牌白摩托车。和我一同在 FOCUS 供职的记者直接采访了E本人，发现他熟知三亿日元抢劫案的各种细节，比如伪造交警用的白摩托车的方法、堪称"隐秘细节"的作案时的小失误，以及作案后的逃跑路线。男人给出的说法听起来很像真的。

那么他说的到底是不是真的？

E说作案后，他逃到北海道一直躲在稚内。当时我刚好因为别的采访身在札幌，所以紧急加入了取证工作。

当年被劫走的三亿日元纸币中，只有一部分五百日元的纸币知道冠号为"XF227001A ~ XF229000A"，是两千张新币。E说他从新闻里知道了这些号码，特意留了四张在手上，"其余的分成几份埋在了稚内和另外几个地方"。躲了半年左右，感觉警察似乎要发现他的行踪了，他就离开了稚内。临走时，他把四张五百日元纸币中的一张，送给了租房给他的电器店老板的儿子，那孩子当时在读小学四年级。

E说："那孩子哭着一直把我送到稚内车站的候车室，那里能听到汽笛的声音。我想着大概这辈子都见不到了，就拿了张五百日元纸币折了几折塞进翻盖吊坠，告诉他'好好收着'，挂在了那孩子的脖子上。"

如果能找到那张五百日元纸币……就可以完美地证明E是这起劫案的犯人或者知情人，这将是一件不容置疑的"物证"。我一方面思忖着"八成又是胡说八道"，一方面又觉得"等等，也不是完全没有这个可能"。我这人素来谨小慎微，做不到干脆果断地否定这种可能性。虽然明知很可能是白费功夫，我还是在那片北方的大地上搜寻起了那张三十五年前的五百日元纸币。

北海道正值寒冬腊月。飞机因为暴风雪停飞。我从札幌坐上内燃机车的快车一路颠簸到了最北端的稚内。更不走运的是我还有点感冒了。吃了前一晚在药房买的一堆感冒药，我嘴里念念有词地背诵着XF打头的那一串纸币号码。

稚内狂风肆虐，暴雪纷飞。我浑身上下就像一个雪人，为了找到那个拿着五百日元纸币的少年，我四处打探消息。男人说他向一家电器店租了房，我打听到当时确实有这样一家电器店，而且那家人也确实有个儿子。我设法找到已经迁居别处的那一家人，终于见到了少年的母亲。

我向她问出了最关键的问题——她的儿子在哪里？她说在札幌，说她儿子开了一家店，就在我住的薄野[1]那家宾馆的对面。好巧不巧，这店不正是前一天我买感冒药的药房吗？！老天爷可真会开玩笑，于是我又坐上列车回到了"起点"。

已经39岁的"当年的少年"就在店里。

他说："我那时候经常跑到那个人租的房子去玩。他成天无所事事，我那时还天真地想，这叔叔一玩就玩好几个月，真爽啊。"

我按捺着迫不及待的心情，切入最关键的正题。

我直接问起了那张五百日元的纸币。此问一出，对方忽然变得吞吞吐吐。成败在此一举。我耐着性子不厌其烦地追问相同的问题。终于，他承认说："这件事我从来没有对任何人说过……他确实给了我一张五百日元的纸币。"

---

[1] 位于札幌中央区的一片繁华街区，是札幌市中心最热闹的地段。

当年不知道是谁报了警,说 E"和冒牌交警的合成肖像长得很像"。

"警察到我们家来问了。那人刚好不在,所以没被抓。后来我把这件事告诉他,他突然就说要离开稚内。我把他送到了车站。他给了我一张折得小小的五百日元纸币,嘱咐我'不要用,好好收着'。"

我站在药房的柜台外,整个人僵在原地。

自称是"骑冒牌白摩托车的男人"的 E,说的都是真的。

我一边在内心挣扎说这怎么可能,一边问对方记不记得那张纸币上的冠号。对方回答:"号码不记得了,不过那张钱我一直留着。"

什么?!

就这样,那张连他的父母都没给看过的五百日元纸币,此刻竟然从店铺深处的金库里被小心翼翼地取出来,出现在我面前。那张浅蓝色的纸币,印着岩仓具视[1]低眉凝视的样子,其上甚至还清晰地留存着多次折叠的痕迹。

我两腿发软几乎站不稳。这可是我记者生涯最劲爆

---

[1] 1825—1883 年,幕府末期、明治初期的公卿、政治家,幕末时期官廷倒幕势力的核心人物,明治维新的功臣,头像曾被印制于五百日元纸币上。

的独家新闻。瞧见了吧，人只要锲而不舍、决不放弃就会有奇迹！我把目光投向纸币右下方的那串号码，心情简直像在第二次确认中了奖的彩票。

VF898186E……

嗯？这，不对吧？跟三亿日元抢劫案的纸币号码对不上！

接踵而至的冲击让我感到天旋地转。等等，怎么回事？难道是个骗局，就为了骗我？可这是谁设的局？这么多人合伙一起骗？不会吧。三十年前就开始设局？不可能。这手笔也太大了。最重要的是，目的何在？想必是哪一环上有人撒了谎。谁在说谎？究竟怎么一回事！谜团挟裹着谜团，我的脑袋几乎要炸开。

三亿日元变成了鸽子！

采访陷入了一片深不见底的泥潭。而解开"谜团"的线索居然是"鸽子"。

当年的少年、现在的药房老板和我聊起陈年旧事时，有一次把 E 称呼为"养鸽子的大哥哥"。鸽子？我一下子抓住了这个点。细问之下，他说 E 在稚内租的房子里养了好几只鸽子。

畏罪潜逃的劫犯和鸽子？

什么跟什么啊。难道是为了抚慰逃匿在外的心，又或者用来逗着玩？这激起了我追踪调查的欲望，让我一头扎进更深的泥潭。到这一步，已经不可能停下。

于是，我查到那两年日本举办过一场"信鸽大赛"，起点正是稚内。据国会图书馆保存的一份名为《爱鸽之友》的专业杂志记载，就在"三亿日元抢劫案"发生后的第二年，即 1969 年 5 月，日本举办了"稚内全国信鸽大赛"。更引起我关注的是比赛结果，自称"冒牌交警"的 E 的名字赫然在列。从稚内到鹿儿岛直线距离大约 1800 公里，E 的爱鸽用了一个星期飞完全程，创下了日本国内信鸽飞行距离最远的新纪录。

畏罪潜逃的抢劫犯居然创造了日本新纪录？！

我找到当时比赛的评委，询问具体情况。这一问，果然问出了意料之外的收获。据说当年比赛时，评委们就对鸽子从稚内飞到鹿儿岛这么远的行程提出了质疑。我采访的评委还特意赶到鹿儿岛，对那只创下惊人纪录的鸽子进行了验证。

他说："日本多山，我那时就觉得不可能飞那么远。

我实际去看了那只鸽子，刚刚飞完那么远的路，可是都没掉多少膘。比赛的时候没有足够的饲料，一般都会变瘦的。可那只鸽子就连羽毛的弧度都保持得非常好，神采奕奕的。我当时就觉得很可疑。"

然而，打在鸽脚上的识别号码完全吻合。当场还进行了放飞测试，鸽子也准确无误地飞回了鸽笼。

最后，只能承认了这项新纪录。

我和那位评委将各自掌握的信息拼凑到一起，终于解开了三十年前的谜团。这件事已经与"三亿日元抢劫案"无关，而成了一场"信鸽比赛诈骗疑云"。

男人先是把养在鹿儿岛的鸽子带到稚内，在租的房子里养了一段时间。这样一来，鸽子就会同时对鹿儿岛和稚内的两处鸽笼形成归巢本能。在此状态下，在位于稚内的比赛起点放飞鸽子后，鸽子并不会飞向路途遥遥的鹿儿岛，而是当即回到了才离开没多久的稚内的"小别墅"。

评委分析说："他应该是把那只鸽子装在笼子里坐火车或者飞机什么的运到了鹿儿岛。然后我收到鸽子回笼的消息后，他就在鹿儿岛给我看了那只鸽子。"

原来如此。这计策真是巧妙。

可是，如此大费周章地"大变魔术"，其动机到底是什么？

那些年正赶上一股信鸽热，会举办大型比赛，优秀的信鸽交易价格不菲。据说创下惊人纪录的信鸽以及它下的蛋，售价相当高昂。没记错的话，专业杂志《爱鸽之友》上也登着这样的广告。当年那只创下最远飞行纪录的鸽子被冠以"鹿儿岛号"的名号，成交价格达到一百八十万日元，创下历史新高。这笔钱在当时已经相当可观。

可问题是，如果E真的是"冒牌交警"，那么那个时候他手上应该已经拥有三亿日元。手握这样一笔巨款的人，会做这么劳神费力的事吗？而且，E在前一年，即1968年11月，也带着鸽子参加了比赛，创下了从秋田飞到鹿儿岛的新纪录（这项纪录似乎也遭到了质疑）。

算起来，1968年11月正是三亿日元抢劫案发生的一个月前。制订计划，伪造白摩托车和制服，准备潜逃车辆……如果他真是犯人，岂不应该是最忙的时候？抢劫的三亿日元是发奖金用的现金。作案时间不可能变更，机会只有一次。在动手前的一个月，怎么可能有闲工夫去秋田照料鸽子？！

我还飞去了鹿儿岛继续追踪采访，感觉自己仿佛成了"鹿儿岛号"的替身。稚内、东京、鹿儿岛，我也算是从北到南兜了一圈。随着调查的深入，男人的谎言一个接一个不攻自破。记者同事质问了 E 为什么五百日元纸币的冠号与报道的不符,那男人根本没想过那张纸币居然还被人留着,他诧异地反问:"啊?你怎么知道的?"到最后,男人异常干脆地承认他撒了谎。

知错而退的勇气

那么,E 离开稚内的时候,为什么要故作神秘地把五百日元的纸币送给少年呢?原因正是那张当时在日本全国贴得随处可见的"冒牌交警"的合成肖像。这男人长得和肖像中那张脸略有几分相像,他虽然跟三亿日元抢劫案无关,但如果有人报警,"信鸽比赛诈骗"一事就有可能露馅,所以男人决定暂时离开稚内避避风头。离开时,他故意耍了到车站送他的少年。少年完全被蒙在鼓里,在男人的诱导下误以为"养鸽子的大哥哥很可能就是三亿日元抢劫案的犯人",所以这么多年一直把那张五百日元的纸币如获至宝地保管在身边。

而这位信鸽诈骗男则巧妙地串起各种素材编了一部"剧本",拿出来耍弄媒体。他吹着"我就是冒牌交警"的牛皮,据说还筹划着要出一本书。

自称"冒牌交警"的男人,到头来是一个冒牌的"冒牌交警"。这都什么乱七八糟的。

调查至此，FOCUS直接毙了这则消息。毙掉的原因不是没办法采访，而是"取证"显示"消息并不属实"。无论花了多少力气采访调查，只要一经确证消息不实，就不会刊发报道，这样的情况过去也有过。FOCUS这种知错而退的果决深得我心。

不过，故事到这里还没有结束。

事实证明有这种决断的似乎只有我们杂志……

几个星期后，另一份周刊杂志登出了题为"三亿日元抢劫案'白摩托车男'的冲击性自白！""揭秘战后最大的谜团，直击三十一年前的真相"的文章。那位信鸽诈骗男从我们这里听说了少年手里的五百日元纸币号码不符的情况，于是紧急修改之前的"剧本"，转手把这则消息推销给了《周刊宝石》。

关于最关键的五百日元纸币号码不符的问题，男人更改了说辞："警方公布过号码的那些五百日元纸币都被我处理掉了。所以号码当然和公布的不一样。"我不知道《周刊宝石》的资深记者是真的上当受骗，还是明知有诈却依然顺水推舟，总之他们把男人说的话原封不动地写成了报道。而且内容还写得像是一篇追踪报道，就好像

那位记者自己一路追访，历尽艰辛找到了那张五百日元纸币一样。我读完后实在无语。（参见《周刊宝石》1999年1月28日号）

报道刊发后，其他媒体纷纷跟进，据说就连东京警视厅刑侦一科的刑警都跑去了札幌，掀起了一场不小的风波。到了这一步，*FOCUS* 无奈之下也决定发一篇报道，不过内容与其他刊物全然相反。我们登出的报道指出，这个引发骚动的男人说的没一句是真话，揭露了他"并非案犯"的"真相"。既然你大言不惭，敢说什么"三十一年前的真相"，那我们自然不能闭嘴任你胡诌。开什么玩笑！

故事还有后续。

一年后，这位兴风作浪的 E 终于被警察请进了局子。不过并不是因为三亿日元抢劫案的事，而是因为房产诈骗。这男人果然是一个经验老到的诈骗犯。不仅骗了天真无邪的少年，还将无辜的信鸽和着凉感冒的记者玩弄于股掌之间，活该落得这样的下场。

那些信口雌黄的家伙总是在意想不到的时候突然出现在你面前。为了不受蒙骗，必须用尽浑身解数查验真伪。尤其是那种主动送上门来的"利好消息"，十有八九送消息的人可以从中获利。牢记这一点总不会有什么坏处。

第九章

破解谜团

——朝鲜绑架日本人事件

现场不可预测

在周刊杂志供职的时候,既没有分支机构也无所谓责任分工。不可避免地,人要在全国各地飞来飞去追踪各种事件。我一次次从一个现场"转战"另一个现场,比如从札幌直飞福冈,数不清多少次搭航班从上空直接飞越我的大本营。我每年追踪的悬疑案件和奇闻异事超过五十起,每个星期都在跟不同的事件打交道。

我曾经独自一人徘徊在朝鲜绑架日本人的事发现场。

1978年夏,日本接连有三对情侣在海岸地带失踪。直到1980年,当时的《产经新闻》刊发题为"三对恋人谜一般人间蒸发"的报道,这件事才进入公众视野,但警方始终没有公开立案。也因此，几乎所有媒体都对此视而不见，更不要说朝鲜方面主动承认绑架事实，这在那时简直就是天方夜谭。

"有三对情侣在日本海沿岸失踪了。你去现场拍点照片回来。"资历深厚的值班编辑给我下了指令，于是我一路寻访到新潟县。冬日汹涌的波涛仿佛一场幻梦，夏季的日本海格外宁静。海浪拍上海岸带起轻柔的涛声，我漫无目的地徘徊在海滩上。我到底，能拍些什么呢……

说起来，就连"事发现场"的确切位置都不知道。

柏崎市这里就有一对恋人不知所终。莲池薰和奥土祐木子。据说莲池的自行车留在了海岸附近的图书馆里。这就是我手上掌握的所有信息。差不多同一时期，福井县和鹿儿岛县的海岸地带也有情侣失踪。那个时代别说网络，就连电脑都没有。单单是收集基本信息，就要花一番大力气。

官方公开定性为"失踪"，和离家出走以及私奔属于同一性质。

不过，线索还是有的。

富山县有一对情侣眼看要被人绑走，千钧一发之际逃脱了。据那两个人说，有几个说外国话的男人突然袭击并绑架了他们。二人被戴上口枷，铐上手铐，套上麻袋搬进了松树林。幸好，碰巧附近有只狗叫了起来。趁那几个男人慌了手脚，不知跑到哪里去的时候，男女二人拼死拼活地逃脱了。据说现场留下了手铐和橡胶做的口枷等物品，并不是日本国内的产品。鉴于此，外国特工实施绑架的可能性浮出水面。

我走访了负责处理这起富山悬案的地方警署。

面相有些木讷的副署长给我倒了杯茶，姑且算是接待了我，但据他说案件材料和证物都已经被处理掉了。我思忖着再怎么胡来也不可能被处理掉，但不管我如何逼问，副署长嘴里愣是连个朝鲜的"朝"字都没有吐出来。我只得作罢开始多方打听，终于找到了险些被绑的当事人。我上门交涉想要采访，可还没进门就被对方一句"这件事不便透露"给拒绝了。

我继续走访调查，但是打探到的消息都属于道听途说的范畴，比如听说有"国籍不明"的船只开到近海，用橡皮筏上了岸之类的……到这一步，我再也找不出新的采访目标，只能一屁股坐在了夕阳西下的柏崎海岸的海滩上。

还真有一种穷途末路的感觉。

夕阳在日本海的彼岸——朝鲜半岛那侧缓缓落下。能采访的都已经采访了，可如果要写"特工绑架"就需要证据。在那个时代,只要发布任何批评朝鲜的报道,名为"朝鲜总联"的厉害团体就会出动百人单位的成员把公司围堵起来。当然,就算写了"证据"也一样会堵过来。

绑架事件的共性

我直愣愣地看着大海,脑子里转过各种念头。

嗯……等一等。

情侣失踪加绑架未遂,事件一共四起,假设真是"同一伙人"下的手,应该会有一些"共性"吧?梳理案件相似点并逐步锁定案犯,这样的刑侦手法用警察的话说叫"作案手法侦查"。这办法会不会管用?

首先,事件都发生在夏天。

虽说日本海在冬天风高浪急,但到了这个季节反而风平浪静,完全可以使用橡皮筏登陆。事发时间都在傍晚。四周昏暗,不易被人撞见。

想想,好好想想。我对自己命令道。

当时我坐的海岸边,和莲池留下自行车的那座图书馆在一条直线上。绑架地点很可能就在附近。海岸一带渐渐变暗,涛声带上了一丝不祥的气息,我坐在原地没有动。

富山那起绑架未遂事件，为什么要给情侣套上麻袋？又为什么要躲进松树林？难道是在消磨时间，等着橡皮筏来接他们？装了人的麻袋没那么容易搬动，而且还是两个人。沙滩不好走，还容易被人发现。如果我是特工，我会怎么办？应该会让橡皮筏在绑架地点附近靠岸吧……

既然如此，"绑架组"和"接送组"怎样才能会合？

海岸边很黑，海滩又宽又长。对特工来说，这里还是异国他乡。别说GPS了，那时候连个手机都没有。到底要怎么做才能接上头？就算他们可以通过短波无线电或者暗号联络，最后还是需要一个肉眼可见的标志物吧？话是这么说，如果用探照灯或者明火，从遥远的近海看过来效果不佳，在陆地上却太过显眼了。

这"标志物"会是什么呢……

周围已经彻底黑下来。我站起来转过身，放眼扫视身后这片海岸。

有了！

直觉告诉我就是这个。在我身后不远处的沙丘上，孤零零地建着一栋两层楼的房子，特别醒目。海岸边几乎没有别的建筑，在不见月影的夜色中，这栋亮着灯的房子熠熠生辉，简直像一座灯塔，做标志物岂不是再合适不过？我在黑得连自己脚底下都看不清的沙滩上，拖着步子走向那栋建筑。爬上一段斜坡，走到建筑正门口，招牌上写着"柏崎青年旅馆"。

我在那里住了一夜。

青旅的管理员看上去很和善。我跟他闲谈时漫不经心地打听了一下，他说事发时这家旅馆已经建成。他还给了我一个消息：自从莲池二人失踪后，时不时会有一些警察上门。我请他给我看了收着的名片，是新潟县警局外事科的刑警。换言之，是公安警察[1]里负责反间谍工作的部门。管理员说警员在二楼租了一间房常驻，从早到晚守在窗边用望远镜监视近海，一守就是好几天。鉴于他说这样的行动前前后后实施了好几次，可以认定这家青旅和事件确实存在某种关联。

我躺倒在老旧的床上，让思路进一步延展。

"接送组"的橡皮筏想要靠岸与"绑架组"会合，地点应该会选在沙滩或者护岸低矮的地方。对"绑架组"来说，在会合之前，需要一片可以藏身的安静无人的松树林。另外一个必要条件就是两组人会合的标志物。现

---

[1] 日本的公安警察主要负责反恐等危及国家安全的案件，性质接近中国的国家安全部，但不设专属机构，而是以设专属部门的形式分散在警察厅及一级行政区警署中。

在这个地方三项条件齐备：沙滩、松树林、登陆标志物。

如果情侣失踪的地点全都具备上述三项条件，是不是就意味着这些事件相互关联……

不过，这充其量只是我的推论。没有证据就不能写成报道。令人欣慰的是在事发现场这样推想一番后，我觉得自己终于抓住了采访的头绪。

第二天我立刻动身，一个接一个把所有的事发现场都转了一圈。我发现就像电影摄影棚似的，每一个现场都无一遗漏地齐备这三件"小道具"。新潟和福井的登陆标志物都是青年旅馆，富山的是一家酒店，鹿儿岛的则是一家国民宿舍[1]。有情侣失踪的每一片海岸都建有一座孤零零的醒目的楼房，同时也能看到沙滩或者松树林。

果然不是单纯的失踪……

我给每一个现场都拍了照，汇总这些带有绑架性质的事件共性写了一篇报道。

之后，发生在新潟市内的"横田惠绑架事件"曝光时，我也火速飞去了事发现场。在绑架地点转了一圈，果然也具备同样的特点。海岸边有松树林。混凝土护岸坡度

---

1 由日本政府牵头在观光景区修建的宾馆酒店，带有一定公益性质，通常定价较为低廉。

平缓，是绝好的登陆点。而且在横田家后面，矗立着一座63米高的"日本海展望塔"。我实际搭船到近海看了一下，作为标志物简直完美。横田是在放学回家的路上失踪的，难道是因为她不幸误闯入了特工登陆的区域？

我在护岸上采访了横田的母亲横田早纪江和父亲横田滋，二人泪眼涟涟地告诉我："我们在这片松树林和这附近找女儿，来来回回不知道找了多少遍……"

后来我转入电视台做记者，采访了一位前朝鲜特工。

那个男人现在生活在韩国，我和他在首尔市内一家宾馆的房间里见了面。前特工告诉我："虽然我没有参与绑架，但曾经先后多次搭乘作业船换子船再换橡皮筏，偷偷进出日本。"

我让他画了一张图，描述了一下在福井县一处海岸登陆时的情况。

他说当时的标志物是一家大酒店。他们以此为目标登上陆地，和在附近待命的特工会合。

他说："我们把特工接头称为'接线'。为了在黑暗中分辨是敌是友，我们会用石头或木棒'嗒嗒嗒'地敲出一串暗号。暗号对上了就接头。"

原来如此。我当即了然。

我在日本海沿岸的城镇采访时，还听到过一件很怪异的事。受访人说附近中学的学生手册上印着这样一条警告："请不要靠近海岸附近，可能会遭遇绑架。"

当地人凭直觉感知到了危险。然而，没有人保护他们。所以他们只能自发地教导、保护孩子们。

尽管1988年国会答辩时，有议员就这一系列失踪案件指出"朝鲜实施绑架的嫌疑相当大"，但日本政府在那之后依然没能拿出强有力的应对方针。直到2002年，朝鲜才终于承认实施过绑架，并将莲池等五名绑架受害人送回日本。但是，横田惠等其他受害人至今生死不明。

前面提到新潟县警局外事科曾经前往柏崎调查，可见政府当局在绑架事件发生后不久就已经掌握了不少情况。

国民一个接一个相继遭人绑架。如此重大的事件，但不知为何官方竟然没有公布。国家的第一要务就是保护本国国民的生命与财产安全，可这个国家却连事关国民安全的必要信息都不予公开，这样的做法难道不奇怪吗？正是这次采访，让我开始深入思考国家与报道的关系。

"我去找猫咪太郎了"

再来说说另一起也是从零开始破解"谜团"的事件。可以说这起"事件"起因于错误的侦查方向。

1998年,宫崎县的一条河里发现了一具女尸。

起初警方迟迟查不出被害人的身份,直到后来才确定是多年前在宫崎县生活过的和子(化名,事发时71岁)。她生前在群马县失踪,有人报警提交了"寻人申请"。宫崎县警方验尸后得出的结论是:左腹部肋骨骨折引发创伤性休克致死。据县警局刑侦一科与日南警署公布,死者被人打断了肋骨,断骨刺入肺部导致死亡。尸体虽然在河里被发现,但肺部没有进水,因此案件被定性为"杀人后抛尸"。宫崎县警方成立了专案组,并要求群马县警方配合破案。

和子居住在宫崎县已经是四十多年前的事,之后一直住址不明,和家人亲友也彻底断了音信,这么多年她一直隐姓埋名生活在群马县。换言之,一个长年用化名生活在外乡的女人,不知道经由什么路线回到了九州,然后被人杀害了。这样一盘,确实离奇古怪。谜团接踵而来,媒体也纷纷给予了关注。

"老妇失踪四十年,尸体被弃宫崎河中,生前曾化名生活在群马。"(《朝日新闻》1998年5月30日刊)

尸体虽然在宫崎被人发现,但"遇害地点"不明,情况扑朔迷离。

"四十年来,她究竟在做什么……回到宫崎的原因成谜……""'她什么时候，和什么人一起，经由什么样的路线，又为什么来到人生地不熟的宫崎县日南市？'这些皆是谜团。""虽然越来越多的人倾向于认为她是由空路飞抵宫崎，但乘机名单里既找不到她的真名也找不到她的化名。另一边，群马县警方提出质疑：'真的会有人在群马县太田市把人绑走并杀害，然后大费周章地运到宫崎去抛尸吗？'故而警方认为被害人在群马县内遇害的可能性较低。"（《每日新闻》1998年6月4日刊）

我孤身一人飞去了宫崎。FOCUS编辑部比我后入职的记者原山拥平去了群马县，他负责采访被害人生前的熟人、向警方提交"寻人申请"的古河先生（化名）。

宫崎县南部，日南市。

流经市中心的酒谷川，就是在这条河里，尸体俯身朝下，挂在了低矮的拦河坝上。老妇人身上穿了一件印有几何图案的花哨衬衫，脚上的鞋掉了一只。在距离拦河坝750米远的河流上游，找到一只浸在水里的路易·威登手提包。据说在别处还发现了同品牌的钱包。

我向追踪这起案件的当地记者打听了一下。他说："钱包是一只狗在主人带它出去遛时叼回来的。所以并不知道掉落的确切地点，不过钱包没有沾水。也就是说，看上去像是'犯人'掏空了钱把钱包扔在了河滩上。"

看来也不能排除"抢劫杀人"的可能。

采访过程中,身在群马的原山频频给我打来电话。我们的杂志社在地方上没有分社,也没有提供信息的线人,但公司小也有好处。大型媒体每得到一条消息都要先汇总到总部或值班编辑那里,我们就不用,我们记者之间可以直接共享入手的消息,并仔细地核对梳理。原山按照计划找到了提交"寻人申请"的古河。

据他说,古河和死去的和子是情人关系。

不用说,警察一早就盯上了这两个人的关系。但古河有不在场证明。古河在5月19日报案说和子失踪,而和子的推定死亡时间是在之后的5月21日正午前后。也就是说,古河报案时和子还活着。这样一来,古河便没有了嫌疑。

据说古河给和子打电话打得特别勤。古河说:"因为那天她没接电话,第二天我就去她租的房子找她。房间里看起来和平常没两样,就是她和她养的猫都不在屋子里。"

据说房间里留有一张字条:"我去找猫咪太郎了"。

"谜团"越来越大……

和子17日在附近一家银行取了四千日元现金。监控摄像头拍到她穿着那件印有几何图案的衬衫。

古河说:"她出远门的时候很喜欢穿那件衣服。威登的手提包和钱包也都是老物件,这么多年她一直很宝贝地收着。"

我租了一辆车,沿酒谷川流域走走停停。依照一直以来的习惯,我尽可能仔细地探察了案发现场。

发现尸体的地点离东光寺桥不远,在更靠上游一点的地方。我还确认了一下找到手提包和狗发现钱包的位置,标在地图上。相对整条河颇为宽广的流域而言,分散发现的遗物其实相距并不远。

河水很浅,尸体从上游漂不了太远的距离。这么说,抛尸地点应该就在附近。要把一个人运过来扔到河里是一件相当耗力气的体力活,绝不像想的那么简单。而且,下到河边的路上树又多,很不好走。

既然下到河边很困难,那有没有可能尸体是从桥上直接扔下去的?

我做出这个假设,一边仔细观察河道一边逆流而上。我发现如果从"山濑桥"上抛尸,有可能可以漂到发现尸体的那座拦河坝那边。我站在桥上朝下看向河面,水很浅,左右都建着混凝土护岸。

桥上的风景

但是,还有别的谜团——和子长年隐姓埋名地生活,这又是为什么?

我感觉解开所有这些"谜团"的钥匙就在这里。

据说和子在宫崎县结过婚。在那之前,她还在鹿儿岛县和另一个男人领过证,并生了孩子。在两次婚姻的背后,究竟藏着什么样的隐情?这或许就是解开她隐姓埋名的谜团的线索。

我设法找到了她的亲人,问了一下当年的往事。

据说最早的打击是因为月贷售货[1]的生意经营惨淡。亲戚说:"1952年刚入春,不知道是因为生活拮据还是想要筹钱做生意,她把合伙人的一件冬天防寒用的外套拿去典当了。结果那人报了案,和子被警察抓了。"

虽然那时因为犯罪情节轻微没有被起诉,但之后和子便离了婚。她把女儿托付给丈夫,再也没有人见到过她。

另一位亲戚说:"她这么多年隐姓埋名,应该还是因为对当年那起盗窃案太过自责。毕竟是在农村,对这种事特别介意。她肯定希望一辈子就这样瞒下去。两次婚

---

[1] 一种允许顾客每月分期付款的售货方式。

姻都失败了，孩子也给了人，她这一辈子很可怜。"

我去了和子曾经住过的鹿儿岛县的房子。

房子地处深山，沿山谷而建，早已经老旧。如今那里已经没有人居住，一派荒芜。很多年前，和子是不是就在这栋房子里怀抱着她还没有断奶的孩子？就因为一次过失，她平凡普通的生活急转直下，演变成了"隐姓埋名的人生"。

一个女人因故背井离乡，当她重返故地时，很不走运地被卷入了一起杀人案，这难道就是事件的"真相"？

总觉得不太合理。

真的有人"犯案"吗？从根源上说，这真的是一起"案件"吗？

带着这个难以打消的最根本的疑问，我离开了九州。

回到编辑部后，我根据自己的思路进行分析并得出了结论。

我向值班编辑汇报说："综合各种情况来看，我觉得这不是一起'案件'，很可能是自杀。"

群马县的古河也对我说过："她没有医保，所以我催她说：'超过60岁看病可以便宜，你去办个医保。''我知道你没什么亲人，找居住地的政府问一问。'可能就是因为这个，她才回了宫崎。"

古河还低低地补了一句："我总怀疑是不是自杀。大概就是我那一句话把她逼上了死路，让她觉得没办法再用化名活下去了……"

穿上心爱的衣服，带着珍藏的奢侈品回到故里，然后选择在这片土地上结束生命，这会不会就是真相？尸体肺部没有进水，肋骨断裂。如果是从"山濑桥"上跳入浅浅的河水中，出现这两种情况并非不可能。

还有一点也引起了我的注意。

那就是从"山濑桥"上看到的风景。我多次造访事发现场，还追寻了和子的足迹，所以才会注意到。在那段幸福的岁月里，她生活的那栋房子虽然在行政划分上属于鹿儿岛县，但实际位置靠近宫崎县的边界，就位于这条河的上游。

站到桥上一目了然。

有一个地方可以远远眺望山间的那片故土，自己的孩子或许还生活在那里。那个地方，正是"山濑桥"。她一次都没能重回故乡，至少最后还想再看上一眼，不是这样吗？

在这样一个地方，真的会这么巧遇上抢劫吗？

FOCUS（1998年6月24日刊）就此发布了一篇报道，弱化了他杀的观点，提出自杀的可能性。

两个月后，在 8 月下旬，宫崎县警方发布了消息，我在报纸上看到了这样的新闻：

> 宫崎县女尸"疑为自杀"，警方解散两县刑侦合作（《朝日新闻》1998 年 8 月 27 日）。

> 其后警方调查发现，在距离尸体发现地点约 1 公里的上游流域，山濑桥（高约 10.7 米）正下方，减缓水流的石块上有青苔脱落的痕迹，同样的青苔（中略）粘在了尸体左腹部的衣服上。从同一座桥上把碰撞测试用的假人推落下去，实验显示假人的左腹部会留下同样程度的撞击伤……（《每日新闻》1998 年 8 月 22 日）。

可以说，这起事件因为警方最开始定性为他杀而引起了一场轩然大波。然而，我没有任何批评警方侦查的意思，因为这样做远远胜过把他杀草率地当作自杀来处理。

现场一定会留下一些什么。

问题就在于，我们能不能"注意到"。

第十章

时效为谁而存在
——逍遥法外的杀人犯

"自我满足式的独家新闻"让逮捕功亏一篑

在这一章里,我不得不写一写我讨厌的东西:追诉时效。

杀人与抢劫杀人这两项"量刑可以达到死刑的犯罪"时效(即追诉时效)为十五年——我特别讨厌《刑事诉讼法》中的这项条文。

如果换作小说或者电视剧倒也罢了,可是在现实发生的案件里,残害一条人命之后,"只要躲得够久就可以一笔勾销",这实在叫人难以接受。这不就相当于国家向罪犯赠送了一只等待自由到来的倒计时沙漏吗?如果一个人硬生生地掐断别人的人生,然后随着一声"好,时间到了"就可以得到原谅的话，不用说，必然会有人在犯案后逃跑。这样的制度怎么就能公然实施呢？我实在想不通。为了击退这只名为时效的兴风作浪的"妖怪"，多年来我一直在杂志和电视上报道那些和时效有关的案件。

其中有一起我一直忘不了，那就是"城丸小朋友被拐遇害案"。

案件发生在1984年，北海道札幌市。

1月的某一天早晨，天上飘着稀稀疏疏的雪花，城丸秀德（案发时9岁）被一通打到家里来的电话叫了出去，之后行踪不明。有人最后一次看见秀德是在附近的一栋公寓里，在陪酒女郎K子的房间附近。警方虽然怀疑K子与案件有关，但没能找到证据。

可就在四年后，嫁作人妇的K子家里发生火灾，房子全毁（丈夫被烧死）。当时，相邻的库房逃过一劫，却从里面发现了一具孩童的尸骨。警方综合各种情况推测那可能是秀德的尸骨，但当时的鉴定技术很难准确验明某个人的身份。

警方找K子问话，虽然录了口供但没能实施逮捕。

我采访了调查本案的警员，询问了具体情况。他说："血型和秀德的一致，因为尸骨是在K子的丈夫家发现的，只能去问她本人。我们以配合调查的名义把人带过来问话，可那女人却说：'明天，我就把一切告诉你们。''只要我开口，案子就能解决。'所以那天，我们暂时把她放回了家。"

K子回了自己的公寓。警员开了一辆伪装成民用车的警车停在附近盯梢，以防她逃跑。然而，就在凌晨时分，北海道警局总部发来联络，说有一份全国发行的报纸在早报上大版面报道了案件的侦查进展。报道里出现了这样的小标题："侦查工作止步不前已有一周""本案难点：嫌疑人拒绝配合调查"。文章里甚至还写着"前陪酒女郎的供述将成为案件的突破口"。

警员说："我赶紧去车站买了一份报纸。那时候正是嫌疑人即将坦白的最微妙关头，偏偏在这当口把我们查案的老底全都揭了出来，我当时脸都白了。"

那篇报道的内容让人觉得，警方能否实施逮捕完全取决于嫌疑人是否认罪。好巧不巧，K子家订的正是这份报纸。只能说，写报道的记者全然不知案件的侦破正处在紧要关头，也不知道嫌疑人订了自家的报纸。这就是一味抢速度的"自我满足式独家新闻"，也是最糟糕的情况。

警员说他们也没别的办法，只能祈祷K子千万不要看报纸。他说:"带人到警署配合调查的时间是上午10点。报纸已经插在房门口的信箱里了。我很想直接把那份报纸抽走。可是公寓门口也蹲着很多媒体,只能眼睁睁地看着。还剩下最后十分钟,我死也忘不了那一刻。"

只听"嘭!"的一声,报纸消失在了房门内侧。在附近盯梢的警员险些叫出声来,赶紧冲过去敲响了公寓门。

警员说:"她开门的时候穿了一身西装。孩子也交给了母亲,那架势绝对是准备好了要自首的。"

警员看到那份报纸摊开在桌上。他说:"她那时候是这样说的:'看了报纸我改主意了。我不能说。'"

从那天开始,K子贯彻了沉默策略。她不断重复"我什么都不知道",最后,警方只能放人。

不过,北海道警局仍然没有放弃。

1998年,DNA鉴定证实库房里发现的尸骨确实是城丸秀德的。于是,在杀人罪的追诉时效大约还剩一个月的时候,K子被捕了。终于赶在时效前将犯人逮捕归案,简直像拍电视剧,警局里一片欢腾。

然而,K子无论是在审讯室还是在法庭都极少开口,始终否认罪行保持沉默。面对检察官和法官的询问,她来来去去只有一句话:"我无话可答。"直到最后,都没能弄清她和秀德之间究竟发生了什么。

2001年，札幌地方法院作出如下判决："虽然秀德的死亡很大可能是被告人的行为所致，但被告人是否怀有杀意仍然存疑。"

日本《刑法》第199条就"杀人罪"规定，必须证明被告人怀有杀意，无论是蓄意的还是非蓄意的，罪名方能成立。不过，法院也认定"死亡很大可能是被告人的行为所致"，既然如此，能不能适用第205条的"杀害致死"进行惩处？可问题是，这项罪名的追诉时效是七年。也就是说，实施逮捕时，时效已经过去了。

就这样，K子无罪获释。

其后检方上诉，但被札幌高等法院驳回。检方没有继续上诉，K子的无罪判决成为定局。

不是"无辜"而是"无罪"。

这项判决翻译成大白话就是："被告确实用某种方法杀害了城丸秀德，但因为没法确定是否有杀意，结果时效过了。"

这判决真是太窝囊了，让人目瞪口呆。欢天喜地地得到官方"无罪"认定的K子，还因为被捕和拘留获得了一大笔"刑事补偿"，拿着九百三十万日元消失在了公众视野中。

判决尘埃落定后，一位刑警对我说："不瞒你说，我至今都认为，如果没有那篇报道，她是会认罪的，是可以捉（逮捕）到人的。"他双臂抱胸，皱着一张脸。

"自我满足式的独家新闻"有时会成为犯人的帮凶。

被害人的遗属当然也很难接受这样的结果。

"我也知道会很难，但我从来没想过竟然会因为这样的理由而判她无罪，"秀德的父亲城丸隆无比痛心地说，"一个人明明犯了重罪，可期限一到就自由了，这真的太不合理了。对遗属来说不存在什么时效。秀德变成了一堆骨头，可那个女人却可以自由自在地活着。太无力了。这感觉都没有办法用语言形容……凭什么时间一到，杀人的人就可以得到原谅呢？"

城丸先生说这些话时像在喃喃自语。他给我看了一张照片，是秀德的照片，他一直塞在钱包里。照片的棱角已经磨没了，城丸先生说他想用剪刀修齐边角，可修着修着就越剪越小了。照片里那个男孩的笑容刺扎着我的心。

设定时效的理由

就是从那时候开始的。我动了真格，想要消灭追诉时效。

我一直在报道这项不合理的制度。

刚开始，周围的人都不以为意。整体氛围都是"法律这样规定，谁也没辙"，就连一些未侦破案件的遗属都觉得"这不是没办法的事情嘛"，直接放弃了抗争。

然而，法律不也是人定的吗？其存在也是为了人。如果觉得"不合理"就应该修改，需要的补充，不需要的删除，如此便好。日本的《刑事诉讼法》已经有一百余年历史，几乎没有变过。更何况查一查就会发现，在许多发达国家，大案要案没有时效，即使过去有，现在也都被撤销了。

追根究底，到底为什么要设定时效？

我采访了很多人，但理由仍旧不明。法务省不接受像我这样的小报记者的采访，而我翻遍了六法全书[1]，也没能找到设定追诉时效的"理由"。我还咨询了法律专家，却没有一个明确的答案。

什么"时间太久证据散佚"，什么"罪犯一直在逃匿，也算受到了一定的惩罚"等，回复给我的都是一些不成理由的理由。如果证据会散佚，那么"不让证据散佚不

---

[1] 指收录所有重要法律条文的书籍，六法即《宪法》《民法》《商法》《刑法》《民事诉讼法》《刑事诉讼法》。

就可以了"。至于什么"也算受到了一定的惩罚",简直荒唐至极。其中最让人难以忍受的说法,就是"时间太久,遗属想要处罚的情绪变淡了"。

开什么玩笑!我可没遇到过这样的遗属。

有一个以被害人遗属为中心组建的组织,叫作"全国犯罪被害人之会"。我采访了在组建工作中发挥核心作用的律师冈村薰。冈村的妻子遭人杀害,他自己也是一名遗属,直面着犯罪被害人所面临的种种矛盾,为了组建这个组织而多方奔走。

冈村对"追诉时效"的存在理由是这样认为的:"我觉得归根结底,全都是为了国家。因为不可能抓着陈年旧案一直查下去,说穿了就是为了图个方便,想要早点解脱。什么社会的惩罚情绪变淡了,说得就像是遗属的意思一样。至于什么证据散佚,那不就是国家的借口吗?"

原来如此。我终于找到了一个说得通的设定时效的理由。但与此同时,这种东西果然不要也罢的念头也越发强烈。

废除时效

那之后,我继续坚持不懈地报道追诉时效的问题。

没多久，一部分报刊等媒体也开始关注这个问题，风向渐渐转变。

2005年1月1日颁布实施的《刑事诉讼法》修订案规定，量刑可以达到死刑的重大犯罪，时效从十五年延长到二十五年。但要我说，这不过是加长了案犯逃匿的时间而已。我希望看到的是彻底"废除"时效。

差不多同一时期曝光的一起案件，简直就像在嘲笑这次"延长时效"的举措。

2004年8月，东京足立区一户人家的地下发现了一具女尸，是二十六年前失踪的小学女教师石川千佳子（遇害时29岁），发现时已经面目全非。在同一所小学担任保安的男人杀害了千佳子，把尸体搬回家后埋在地下。男人在房子周围架了一圈铁丝网，还安装了摄像头，等着时间一天天过去。

时效延长到了二十五年。男人等到时效过去之后，去了警署自首。因为街区要重新规划，男人住的房子将被拆除，他知道尸体迟早会被发现。（他把千佳子埋下去时，以为只要自己不说，这就是一起完美犯罪。）据说这些都是男人自己供述的。不用说，他没有被逮捕。

后来男人搬了家，生活过得悠闲自在，日本电视台的记者试着去采访他。男人帽子扣得很低，正在遛狗，记者上前搭话，摄影师远远地记录下了这一幕。只见男人直直地举起手里那根很粗的拐杖，追着记者厉声威吓。最后，他说了一句什么。我们在剪辑室里把带子翻来覆去看了几遍，对音轨进行分析，发现男人说的是："看我宰了你！"

他竟然有脸说出这句话。一切都是因为那可恶的时效……

北海道小樽市。在鹅毛大雪中，我走上一条坡道，去采访被害人千佳子的弟弟石川宪和石川雅敏。

进门后，房间一角放着千佳子的照片，裱在相框里。据说她生前喜欢画画，旁边还放了一些她生前画的描绘小樽农户风光的明信片。

石川宪说："那家伙杀了人，把人埋在地下，还在上面造了地炉，把我姐姐踩在脚下面。我绝对原谅不了他。警察连案子都不知道，时效居然就过了，怎么会有这么荒唐的事？！"他的声音在颤抖。

我看了千佳子的遗物。化妆包破旧了，原本鲜绿色的银行卡也已经变了颜色。这些东西都和千佳子的尸体一起被男人埋在了地下。二十六年的时间实在太久了……

我把采访过的和时效有关的几起案件汇总到一起，做成了一档纪实节目。

片头用了一张照片，是一副锈迹斑斑的手铐，打了一行字幕："时效——受法律保护的杀人犯"。虽然节目在深夜播出，反响却不小。

那之后，杀害千佳子的男人依然过着平静的生活。

既然刑事诉讼处罚不了，民事诉讼管用吗？很可惜，千佳子的案件已经过了不法行为发生后二十年的追诉期限，所以民事诉讼的时效很可能也已经过了。尽管如此，石川兄弟还是向东京地方法院起诉了作案的男人。

然而，一审毫无悬念地败诉了。

这个国家到底还有没有救……

我和兄弟二人一起，一边走出法庭一边忍不住咒骂。

幸好，东京高等法院推翻了地方法院的判决，认为男人负有责任。总算做出了一次合情合理的判决。之后，2009年，最高法院也同样判定男人负有赔偿责任，勒令其支付约四千两百万日元的赔偿。最高法院的法官表示，如果把男人藏尸的这段时间也计入追诉期的话，有违正义、公平的理念。法官认为虽然没有办法以刑事案件惩处，但男人负有民事责任。

顺应这股潮流，2010年4月，日本再次颁布实施《刑事诉讼法》修订案，终于将"致人死亡的犯罪和最高量刑可以达到死刑的犯罪"废除了"追诉时效"。

第十一章

正面出击
——北海道图书馆员工遇害案

失踪

据说电视的词源是"Tele + vision",意思是"传递远方的消息"。现场记者站在一个几乎浑身要被大浪打湿的地方,手握麦克风发回台风报道。虽然我对这种表演色彩过重的做法心存质疑,但就"播报亲眼所见的事实"这一层意义而言,确实可以说是电视报道最基本的态度。

不过问题是,记者不可能去到每一处"现场"采访,没办法全部亲眼看、亲耳听。记者既无法靠近发生事故的核电站,也不知道政治家们在高级餐厅里谈了什么,当然也不可能踏足命案现场。所以报道时,有时不得不使用"据××透露"的句式,就比如"据侦查相关人士透露，现场发现了凶器"。但有时消息来源其实是"没去过案发现场的刑侦干部"，这样一来就不免让人心惊了。

比如在报道某一起案件时，一个记者找来了一张被捕嫌疑人的面部照片。

为了确认照片是不是嫌疑人本人，记者必须进行取证，我们称之为"认脸"。记者把照片拿给刑侦干部请他帮忙确认，对方说"没错"，记者放心地发了报道，可事实上照片上是另一个人……这样的事情让人无法一笑置之。为什么会出现这种情况？原因其实很简单，因为那位干部并没有直接见过嫌疑人本人。

说到底，亲眼所见，亲耳所闻，以此为基础的"直接采访"和"取证"才是报道的命脉。

这一章里我想写的这起杀人案，在案发之初甚至有人认为"不是一起案件"。但随着采访的不断深入，"案件的样貌"逐渐显现，我直接采访了被认为是案犯的男人，对他正面出击。

开始采访的契机，是一个女人的"失踪"。

2012年5月，日本电视台的编导境一敬抱着一堆资料来找我，说九个月前北海道泷上町一家图书馆的临时员工工藤阳子（遇害时36岁）失踪了，至今下落不明。网上流传着各种猜测，有说"离家出走"的，也有说"跟人私奔"的。

我试着电话采访了阳子的父母和一些相关的人,越听越觉得她恐怕是被卷入了什么"案件"。

我和境编导两个人,搭上了飞往鄂霍次克纹别机场的飞机。

在泷上町的山坡上,著名的粉红色丛生福禄考开得花团锦簇,可风依然冷飕飕的。据说阳子在这里租了一间房,自己一个人住。

我们拜访了阳子的父母家。一栋蓝色尖顶的房子,院子里也种着娇艳欲滴的丛生福禄考。阳子的父母和家中可爱的柴犬都在焦急地等待着阳子的归来。我们和人打了招呼,也向狗狗问了好。

采访整整持续了三个小时。父亲真作说:"肯定不是失踪,应该是遇上了什么麻烦。"

我再一次看了看照片里的阳子,发现她比较像父亲。采访过程中,因为担心爱女的安危,真作好几次湿了眼眶,哽咽得说不出话。

"从我们女儿之前的品行,包括生活状态来看,她绝对不可能是自己主动失踪的,"与真作并肩坐着接受采访的母亲丰子也否定了离家出走的可能性,她还说,"我女儿那种性格绝对不会不辞而别。她不管去哪里都会告诉我们一声，去旅游的时候也经常和我们联系。可现在，都快九个月了。这么久连一点消息也没有，她绝对不会这样……"

阳子在前一年的8月14日突然失去了踪影。

那天她说好下班来一趟父母家，陪双亲吃晚饭。饭后她还约了一个朋友，并给朋友发了消息：

"今晚我有空，来我这里吧。

"还有两个小时，我先加油工作！"

母亲做了蛋包饭，装盘添上配好的蔬菜等着女儿归来。

可是，过了晚上6点，明明已过下班时间，女儿还是没有出现。打她手机，只听到铃响却没有人接。据说那天图书馆里只有阳子一个人值班。父母放心不下去图书馆看看情况，发现房子里灯都关了，门也锁着。昏暗的停车场里，只有阳子那辆小车孤零零地停着。

女儿到底去了哪里……

第二天一早，他们拜托房子的管理人开了边门，里面一个人影都没有。继续拨打阳子的手机，没想到手机竟在图书馆后面工作室的桌子上振动起来。因为父母身有宿疾，阳子的手机从不离身，这样可以方便双亲随时联系。

之后，事情开始变得扑朔迷离。

人们在镇子边郊的马路边发现了阳子的随身物品。便当盒和室内穿的塑料拖鞋被扔在图书馆西北方约 600 米开外的人行道旁，装着钱包和车钥匙等物品的手提包则掉在东北方大约距离 1.5 公里的地方。不过，她平时在图书馆里穿的那件围裙式样的罩衣却不见了。

我采访了阳子的朋友和同事，一次次前往图书馆、停车场以及发现随身物品的现场查看。我在地图上标明重要地点，反复推想论证。

在对事发现场进行仔细勘查后，各种矛盾一一浮现。

阳子离开时把车留下了，那个时间已经没有公交车等公共交通工具。她也不像坐了出租车，镇子很小，如果打车一定会有人看到。何况人们在手提包里还找到了她的钱包，很难想象她会走路去什么地方。另外，各种细节也匪夷所思。那么重要的手机留在了图书馆里，而按理说应该收在储物柜里的手提包却在外面。那些随身物品掉落的样子就像是被人从车窗里扔出来的一样。

分析

在纹别市一家清寂的居酒屋里，裸露的灯泡晃来晃去。我和境编导面对面，盘腿坐在磨秃了一层的榻榻米上，中间放了一盘剖开烤熟的远东多线鱼，鱼比盘子还大。我们继续低声推论。

"关键有一点，图书馆锁了门。"

"有钥匙的人毕竟不多。"

"还有那些很快就找到的随身物品，发现地点难道不奇怪吗？"我把鱼当成地图，用一次性筷子画了一条线，鱼眼是图书馆，尾巴是发现随身物品的地方。我分析说，"故意和图书馆隔了一条主干道，扔在马路对面，还是人多眼杂的人行道。这么扔，不就相当于在昭告天下'这里出事了'嘛。"

"会是什么目的呢？"

"那还用说，无非就是想把外界的注意力从图书馆引开呗。"

"也就是说，想让人觉得阳子是在离开图书馆以后才失踪的？"

"做这些事，不就是想画这么一张图吗？另外，罩衣没有找到，说明她很可能是在工作时遇到的麻烦。"

"可到底是谁干的……"

我们小口抿着啤酒，话题直奔案件核心。

"从作案手法来看，应该是个男人。"

"而且，知道她用哪个储物柜。"

"没错。但是没有留意到她放手机的地方,两个人的关系不远不近。"

"为什么把车留下?"

"那就说明这男人只要一旦被人看到在开她的车,马上就会被列为嫌疑犯。也就是说两个人认识……"

在我大脑中的那份笔记里,只有一个人符合所有条件。

破案仍然要靠北海道警方,那边的侦破工作进展如何呢?

遗憾的是,我在杂志社做记者时,就和北海道警局八字不合。那时候,我向北海道的地方警署申请采访,对方叫我"到札幌的警局总部去",于是我便冒着风雪风尘仆仆地赶过去,可结果却被告知"拒绝采访"。从头到尾我得到的只有一杯茶,好几次都是这样。

我回到宾馆,给几个负责采访北海道警局的记者打了电话。可是没想到,他们告诉我的消息完全出乎我的意料:"根据警局的说法,这好像不是一起案子,不过就是离家出走了。据说她和家里人处得不太好。"

这算怎么回事?

我直接提出了疑问:"怎么会是离家出走呢?车还留着,钱包也没带。"

对方说:"听说她存了一笔私房钱。"

几个记者嘴里吐出的话出奇地一致，就连那句"'私房钱'这种东西平时不太会动用的吧"都一模一样。这些记者自己也说，他们主要在札幌和旭川一带活动，没有来过泷上町的事发现场。相反，他们都很奇怪为什么过了这么久，我会来采访这起离家出走事件。

离家出走……这不可能是真相。

我把手机扔在宾馆的床上，拉开了房间里的窗帘。

鄂霍次克海一片灰暗，红色灯塔一闪一闪，港口里的渔船随着波浪轻轻摇摆。

"私房钱"，这个词不断在我脑中回响。是北海道警方故意操纵信息，还是他们真的这样认为，已经放弃了侦查？不过，既然消息已经传得沸沸扬扬，想必是指望不上警方破案了。

其实，只要在现场认真采访就可以发现问题。

很明显，工藤一家关系和睦。只要当面和她父母聊一聊，就会知道他们说的不是假话，也没有理由撒谎。如果仔细勘验现场，整起事件中的疑点难道不是一目了然吗？毫无疑问，这绝对是一起"案件"。而且，"私房钱"这个词实在让我生厌。这样的词为什么会从查案的警方嘴里冒出来？反过来想，这也就意味着警方已经查到阳子失踪以后，她本人没有从金融机构提过款。身无分文，要怎么活下去？

这难道不应该是一个更加危险的信号吗？

我对着冰冷的窗玻璃叹了一小口气。

"我女儿那种性格绝对不会不辞而别……"

阳子的母亲丰子低声的倾诉回响在我脑中。

正面出击

从第二天开始，我不停地在现场转悠，打探各种消息。既然不愿意接受"离家出走"的说法，那就只能找出线索推翻这种论调。采访一段时间后，我终于打探出了新的消息。

阳子失踪几个月后，在发现随身物品的地方附近，还找到了另一件重要物品：一张电脑软盘。据说外盒上贴着阳子喜欢的卡通狗的贴纸，软盘里的内容似乎是阳子的日记。而且，里面提到了一个男人的名字。

这个名字和我记在脑袋里的名字相吻合：图书馆的管理员。

他是一个40岁左右的男人，阳子彻夜未归的第二天早上，她的父母和朋友请他帮忙打开了图书馆的门。

在采访阳子身边人的过程中，我还听到了这样的说法。阳子失踪前,图书馆里接连发生过一些怪事。有一天,她放在手提包里的自家钥匙不见了。那天晚上,她用备用钥匙打开家门,发现本来整整齐齐放在门口的拖鞋被弄乱了。而且,离家时明明关好的一道房门半掩着。这些迹象只能说明有人悄悄进来过。阳子从那时开始对管理员起了疑心,她把这些记录在了软盘里。

采访收集到旁证后,我决定对管理员"正面出击"。

如果警方断定这是一起"案件",直接采访可能导致犯人逃匿,必须慎之又慎,上一章里城丸小朋友遇害案就是一个很好的例证。但如果警方断定是"离家出走",甚至已经不再侦查,那么情况另当别论。人失踪之后,这件事已经被搁置了整整九个月。我和扛着摄像机的境编导一起,直接找上了坐在图书馆服务窗口的管理员。当然,不能打草惊蛇。

"我们是日本电视台的……"

采访的切入口,是想找应该很挂念阳子的同事聊一聊。

管理员有意推托:"为什么来问我?"我糊弄说"每个人都要问一问的",迅速把领夹式麦克风夹到他胸口。

男人扭扭捏捏愁眉苦脸,不情不愿地开了口:"如果能尽快看到她平安健康地回来,那当然是最好的。"

我故意装糊涂:"会不会出了什么事?"

"听说警察还在查,但具体怎么样他们也没说。"

"你也被怀疑了吧,真不容易呢。"我故意套他的话。对方回答:"谁让我跟她一起工作呢。"我假装什么都不知道,请他带我们参观图书馆,还询问了阳子失踪第二天早上他打开的那扇边门的位置。

管理员站在走廊上,指着一扇玻璃门:"就是这扇门,现在锁住了。"我隔着玻璃朝隔壁那间小小的管理员办公室张望了一眼,看到里面放着一大袋除草剂。

我不断追问阳子失踪前后的情况,问到后来,男人的回答渐渐开始含糊不清:"一般来说,出了那样的事,就跟绑架差不多了,我觉得应该不会出这样的事……"

嗯?那样的事?阳子不是"失踪"吗?

我决定直拳出击,询问男人的不在场证明:"对了……那天,您在做什么啊?"

我这一问问得非常漫不经心,不知是不是戳到了他的哪个点,有那么一瞬他的眼神直打飘:"……我父母家,去了一下父母家……回去了一趟。"

不对啊,我在心里嘀咕。之前这个管理员的说法一直都是"我那天去采蘑菇了"。供词前后不一,自相矛盾了。

快招吧!你把她弄到哪里去了?犯人就是你吧!

我抗拒着使出上勾拳将对方一举击倒的诱惑,结束了对男人的采访。

之后，我扭头去了负责这片辖区的纹别警署，带着一无所获的觉悟递上名片要求采访。不出所料，结果跟之前一模一样。我离开前只得到了一句一成不变的官方回复："可能是案件也可能是事故，目前正在调查中。"就像一直以来的那样，在工作时间外的非正式采访中，他们会小声嘀咕"就是离家出走啦"之类的说辞，牵着媒体的鼻子走。而一旦遇到正式采访，就只是一味地打官腔。

我们结束采访后，过去了三个星期。

管理员小谷昌宏（被捕时41岁）突然被警方逮捕。

此前一直宣称阳子是"离家出走"的警方，在事发十个月后突然带走了这个男人。据说男人同意配合调查，并供述了自己的罪行："因为在工作中和工藤发生争执，所以把她杀了，然后埋了。"我不知道警方的此番动作是否和我的采访有关。

根据男人的供述，警方在距离图书馆大约25公里的上纹岭一带的山林里，找到了阳子已经变成白骨的尸体。这显然只有犯人才知道，正是所谓的"隐秘的细节"。从图书馆所在的位置看，弃尸地点和丢弃阳子随身物品的地方确实方向相反。警方还在附近找到了阳子的围裙式罩衣。

噩耗传来的那天晚上,阳子的父亲真作哭着站在媒体面前:"从今往后,再也听不到她的声音,再也见不到她的人了。我真的悲痛欲绝。如果可以,我真的很想为她报仇。"

案发当天并不是小谷当班。据他供述,他因为一些事去管理员办公室拿除草剂,结果遇到工藤阳子,和她发生争执,一时怒火攻心把她掐死了。至于那些在路边找到的随身物品,他承认是为了阻挠警方破案而故意丢弃的。

2013年2月,小谷最终被判处18年监禁。但直到审判结束,作案的动机和具体案发经过仍然不明。我们只能听到加害方的说辞,而真相只能永远沉睡在黑暗中。

我一遍又一遍看着自己正面出击采访管理员的那段录像。

屏幕上,男人若无其事地站在他杀害阳子的地方,接受着我的采访。罪犯正在绞尽脑汁,试图欺骗我。

最终判决公布一个月后,阳子的双亲接连离开了这个世界。

虽然我也听说二人都身染宿疾,可在这样的时候相继过世,简直像在追随女儿的脚步……

女儿失踪和遇害，给两位老人的病体施加的负担该有多么沉重。采访时，身为母亲的丰子还说过这样的话："如果是病死的，我们也只能认命了，可如果是被别人杀害的，这叫我们怎么接受。"

白发人送黑发人……

天底下不会有父母预想过这样的局面。可是，阳子的双亲那时却已经不得不去设想最坏的结局。正因为这样，他们才在接受我的采访时坚定地表示"不是离家出走"，他们想要一个真相。

反过来想，其实父母双亲不应该比任何人都更加发自内心地希望这是一次"离家出走"吗？出走也好其他也罢，只要活着就一切都好。

那栋绽放着丛生福禄考，有着蓝色尖屋顶的房子，原本生活在里面的三口之家却已经不在。不只是被害人，连两位遗属也……

第十二章

官方发布夺走生命
——太平洋战争

调查报道不只是报道正在发生的事件,有时也会回过头追溯过去的事。

这一章里要写的是关于太平洋战争的一次采访,要追溯到整整六十年前。

战争期间的所谓"官方发布",正是臭名昭著的"大本营[1]战报"。

那时,守在大本营里的记者们撰写着"连战告捷"的报道,谎言充斥报纸,并通过广播传播。不计其数的年轻人对这些报道信以为真,抱着"尽忠报国"的信念

---

[1] 战时或紧急情况下设立的日本天皇直属统帅机构,负责统领海陆两军,制定作战方案,该制度在"二战"后被废除。

奔赴战场，踏上不归路。如果换作和平年代，这样的行径恐怕足以冠上非蓄意杀人或者教唆的罪名，实在是罪孽深重。

由国家这个利益相关方"发布"的消息，隐瞒、歪曲了事实。有时，这会夺走成千上万的生命。

我想做你的围巾

开闻岳，位于鹿儿岛县萨摩半岛南侧，山麓开阔。这座山别名"萨摩富士"，山体的形状巍峨肃穆，确实会让人联想到灵峰富士。过去，曾有那么一批男人看着这座山峰，在心里铭刻下祖国的样貌，踏上了通向死亡的旅程。

他们被称为"特别攻击队"。

太平洋战争末期，日军在盟军的攻击下节节败退，于是决定在战斗机里装载250公斤炸弹，连人带飞机一起撞击敌舰，试图以这种字面意义的"必死"战术进行反击。那些被国家当作炸弹来使用的人，都拥有过怎样的人生呢……

2005年，"二战"结束六十周年，我开始了关于特攻队的采访，我希望能用某种方式让世人了解那份残酷。

之前已经有过许多相关的书籍和节目，介绍年轻的特攻队队员的遗书，采访那些幸运生还的队员。而我想知道的，是那些因为特攻而生死两隔的恋人或者夫妻的故事。这些人是带着什么样的心情手握操纵杆奔赴死地的？被留在身后的恋人或妻子，又是怎样活到今天的？已是战后六十年，能面对面采访当事人的时限在一点点临近。

既然要采访，我想找一个从未在媒体上露过面的人，听一听他或她的故事。在这个原则下寻找知情人时，与日本电视台同属一个系统的鹿儿岛读卖电视台职员大竹山章告诉了我这样一件事。

一名从鹿儿岛县的特攻基地出击的队员曾经订过婚。当年结婚的日子都已经定好了，但就在婚礼的十天前，上面下达了出击命令。未婚妻为了见他一面特意从东京赶到九州，可最后还是没能赶在出击前见到人。

据说之后，未婚妻收到了他写给她的"最后一封信"……

当年那位未婚妻如今住在东京，我设法见到了本人。

在西新宿一家酒店的咖啡厅里，伊达智惠子一头漂亮的银灰色头发配一副时尚的金属边框眼镜，优雅从容。她当时已经81岁。

"您别开玩笑了，我有什么可采访的。何况还要上电视……"她微微摆手,掩嘴低头,举手投足宛若少女。

太平洋战争末期,她究竟经历了什么?

我开始一点一点与智惠子沟通。起初我没有开摄像机,只是听她回顾往事。

从京成电铁青砥车站下车后,穿过一条洋溢着老城区风情的商店街,后面是一片整齐划一的公寓楼。智惠子独自一人住在其中的一间公寓里。房间收拾得干净整洁,角落里放着一张黄褐色的照片,照片上的是她那位身穿军装的未婚夫,照片前面供着一朵鲜花。

发条式的落地钟"当"的一声报响了时间。

"都过去这么多年了,其实已经没有什么可以和大家说的了。"

智惠子虽然嘴上这么说,但还是一桩桩、一件件地向我述说了六十年前那段久远的回忆。

我一次又一次地拜访智惠子,追问各种问题,采访犹如一场答疑。时代背景如何?当时的文化是什么样的?我从最基本的开始一一确认,手头留下了海量的笔记。

两个人第一次相遇是在1941年7月。

17岁的智惠子刚从女校毕业,因为越来越喜爱读书,所以想去图书馆做管理员。那年夏天,她在御茶水一所学校的图书室实习。当时有个人先她一步在那里实习——穴泽利夫。穴泽先生出生于会津，是中央大学的学生，比智惠子年长两岁。

同年12月，日军袭击珍珠港，太平洋战争打响。

"插播一条紧急新闻。据大本营陆海军部12月8日早上6时公布，帝国陆海军于今天8日凌晨，在西太平洋海面与美国和英国军队开战……"

日本放送协会（现NHK）通过广播播报了这条"大本营战报"。自那以后，报道变成了一种手段，常被用来激发战意。

1942年1月，二人相识半年后，穴泽先生突然给智惠子打来电话："我们在上野的博物馆前面见一面吧。"

智惠子想不出对方为何要把她特意叫出去，心里虽然疑惑但还是赴了约。她说："那时候，博物馆的前面竖着一排很新潮的煤气灯。他说'我们走走吧'，我就跟在他身后走了起来。"

之后，穴泽先生突然回过身来，问："你愿意和我交往吗？"

智惠子回忆说："刚开始我都没反应过来。一愣之后，忽然明白了他的意思，我逃似的回了家。在那个年代，如果两个学生谈恋爱，会被人说是不知廉耻的。"

后来，智惠子收到了穴泽先生的信。

信写在便笺纸上，足有二十四页之多，满是对智惠子的一腔赤诚。以此为开端，二人通了数十封信后，渐渐地，智惠子也开始倾心于穴泽先生。

某一天傍晚，智惠子在御茶水车站的月台上看到穴泽先生正在等电车。她悄悄绕到他背后，用手指在他背上轻轻戳了一下。

智惠子说："利夫回头时一脸惊讶，可当他的眼睛一对上我的眼睛，惊讶的表情便散了，变成了开心的笑。虽然坐到秋叶原只有一站路，但两个人一起坐电车成了我们小小的幸福……"

二人就这样在平淡的幸福中交往着，渐渐动起结婚的念头。

然而，时代汹涌的波涛却在一点一点将他们吞没。

6月中途岛海战，海军失去了四艘航空母舰。大本营却宣称"我方损失：失去一艘航空母舰，另一艘严重受损……"，甚至还宣布击沉了美军"企业"号以及"大黄蜂"号等航母。

智惠子说："那时，报纸上每天都会出现一连串的'告捷'字样。不用说，根本不会去怀疑是不是真的，我们都很相信国家。"

那段时间，日本已经失去了对太平洋战场的控制权，可是国家却通过报道让人们相信日本打的是"胜仗"，并不断发出"征兵令"。明治末期制定的《报刊法》剥夺了报纸和杂志的自由编辑权。每一篇报道都必须接受审查，通不过审查就不能刊登。于是，那些反战思想和对军方不利的消息被清除得一干二净。

1943年10月，穴泽先生提前从大学毕业进入陆军编制。

智惠子说："那是一个根本容不得你提出反对意见的时代。即使心里有一点念想，也做不了什么。这就是战争。现在回过头看，那时连我都成了一个军国少女呢。"

在初次相遇的图书室里，二人单独办了一场送别会。

那个年代，物资已经极度匮乏。智惠子说她千方百计准备了一些压缩饼干和红茶，用一场小小的茶会为他饯了行。

穴泽先生以"特别操作见习士官"的身份进入飞行学校，开始接受战斗机的操作训练。书信成了二人之间唯一的联系。

穴泽先生曾随信寄来一张照片，照片上的他穿一身飞行服，戴一顶挂着护耳的帽子，还佩戴了护目镜。他鼻梁挺直，眼神明锐，给人一种坚毅不屈的感觉。领口处隐约露出一段白色的围巾。

智惠子说她看到这张照片,毅然决然地在回信里写了一段大胆的告白:"我不想变成剑也不想变成帽子,但如果是你的围巾,我很想代替它。如果可能,我想做那条白色的围巾。时时刻刻伴在你身边,形影不离。"

智惠子羞涩地一笑:"那段话是我鼓足了勇气,在用我的方式向他求婚呢。"

一晚

1944年12月。因为想见穴泽先生,智惠子只身一人来到了大阪的训练基地。虽然一直等到晚上,等了很久,但总算如愿短短地见上了一面。从飞行学校毕业的穴泽先生,那时已经晋升少尉。因为训练,一张脸被晒成了小麦色。对于智惠子鼓足勇气写的那封求婚信,穴泽先生并没有给出什么回应,从头到尾聊的都是一些无关紧要的话题。

但就在快要告别的时候,穴泽先生凝视着智惠子的眼睛,说:"能不能把你的围巾借给我?"

士官室这个房间正如其名,没半点风情可言,而且格外阴冷。智惠子当时围了一条父亲买给她的针织面料的围巾。灰色夹带红色，一看便是女人用的。穴泽先生接过围巾，取下了飞行服里的白色丝质围巾，抬手把智惠子的那条围到了脖子上。

智惠子说："为了不让人看到我的那条围巾，利夫在外面又围上了白色的围巾把它遮起来。我的心脏猛地跳了一下。我意识到，这就是利夫对我那封'想做你的围巾'的信给出的回复。"

后来，他在寄来的信里写道："这条围巾，是我拥有的东西里唯一一件你用过的。感念至深，时时戴于颈间，爱不释手……"

然而，就像是要打碎结婚这个微不足道的梦想一般，战火愈烧愈烈。

在新闻报道里，败退被替换成了"转战"，全灭成了"玉碎"。也有一些关于"特攻"的报道，但都是为了粉饰这"必死"的攻击。

智惠子说："那时特攻队这几个字频繁地出现在新闻里。几乎每篇报道必定都会配上'英勇''神风'这样的字眼。看着这些报道再想到利夫，我甚至觉得连我自己都变得伟大了起来。"

然而，寄到手中的一封信，却让智惠子伤心欲绝。信中写道："可能要不了多久，我就要去执行一项回不来的任务，希望你能来见我一面。"

这是穴泽先生在隐晦地告诉她，他已被选为特攻队的一员。

1945年2月，智惠子在夜行火车上一路颠簸，驶向穴泽先生接受训练的三重县龟山。在昏暗的车厢里，坐在冰冷的木椅上，她满脑子想的都是穴泽先生。

龟山基地的训练相当严酷。智惠子说她在那里第一次看到了战斗机。

虽然二人两情相悦、忠贞不渝，但因为一些外因一直没能走到结婚这一步。穴泽先生的家人反对他们的婚事。

智惠子说："他家里人应该是在担心，眼下还在打仗，以后会怎么样都不知道，这种时候结什么婚……其实我心里都已经想清楚了，要是真有什么万一，我愿意为利夫守一辈子的墓。"

在那个年代，少尉结婚必须得到军部许可，而要向军部打申请又必须先征得双亲的同意。两个人好不容易见了面，可结婚的事却没有半点实质性的进展。

智惠子来到龟山已经过去一个星期。穴泽先生所属部队的队长体察到二人的心意，在日式酒店里为他们订了一间房。

智惠子被叫到酒店，拉开移门时心头一怵，竟然是一间极宽敞的宴会用的榻榻米房。里面只铺了一床被子。二人迟迟结不了婚，所以队长想推他们一把。

后一步走进房间的穴泽先生，眼睛盯着那床被子，自言自语似的吐出一句："可以吗？"

智惠子说因为不能订婚，那时的她还无法接受穴泽先生的爱，所以她轻轻摇了摇头。

穴泽先生只嘀咕了一声"这样啊"，便钻进被子像什么都没发生过一样沉沉睡去。

智惠子说："利夫训练很累，睡得特别香，我就一直看着他熟睡的脸。利夫很尊重我的感受。我永远都忘不了他漂亮的睡脸，就像菩萨一样。"

不知不觉间，智惠子哼唱起了舒伯特的摇篮曲。

被子旁边，叠放着穴泽先生的军装。

那时他们连手都不能握，智惠子突然冒出一个念头：至少让我摸一摸他的衣服吧……然而在那个年代，以身殉国的特攻队被宣传成神一样的存在，被冠以"神雕"的名号。卡其色的军装正是神的圣衣。想到这一点，智惠子终究还是没能伸手摸一摸。

拂晓时分，穴泽先生一个人回了基地。

擦身而过

智惠子回到东京后的某一天晚上，穴泽先生突然出现在位于东京三田的智惠子家。他是正式前来登门求亲的。穴泽先生说他的父母终于同意了这门亲事。智惠子也和家人商议了一番，决定两星期后在龟山举行婚礼。尽管事出突然毫无准备，双方仍然在当天完成了订婚的程序。

智惠子沉浸在甜蜜的幸福中。这一次，他们终于可以在一起了……

然而，就在那天夜里，东京变成了人间炼狱。3月10日，东京大轰炸。

智惠子说："我们冲进了院子里的防空壕。抬头看天上，一架架硕大的黑漆漆的轰炸机从头顶飞过，没多久远处的天空就变得一片血红。那时广播里完全没有报道敌军轰炸了哪里，我们对发生了什么一无所知。"

损失不可估量，但国家压下不报，多数国民无从得知真相。事实上，就在这一天，大批 B-29 轰炸机向东京投掷了燃烧弹，夺走了十万人的生命。

千难万险躲过一劫的智惠子，担心起了穴泽先生的安危。

黎明时分天空刚开始泛白，智惠子便朝着穴泽先生住的目黑一带跑去。说来也巧，二人竟然在大鸟神社附近遇上了。智惠子说是穴泽先生先看到了她，对她招了招手。那时，他正要返回位于大宫的机场。

智惠子想送穴泽先生一程，和他一起坐上了山手线。因为轰炸，电车等了很久才来，而且车里塞满了人。二人在车厢里渐渐被人挤散，坐到半路已是极限。

无奈之下，二人在池袋车站拥挤不堪的月台上做了告别。

穴泽先生叮嘱说："东京已经不安全了，财物什么的先别管了，尽快到三重来。"

分别只是暂时的。智惠子一直这样以为。然而，就在婚礼的十天前，风云突变。

穴泽先生所在的部队接到了转移的命令。智惠子穿着收口的阔腿裤飞奔上了开往三重的火车。但此时穴泽先生已经出发向九州的基地转移了。

智惠子说："我那时真的不管不顾了。付出一切代价都要见到利夫。好不容易我们终于可以结婚，哪怕一个晚上也好，我想作为他的妻子送他走。我那时想，现在，我终于可以毫不犹豫地飞扑进那个人的怀抱了。"

智惠子换乘列车奔向九州。那时激烈的战斗已经在冲绳打响，没有人知道穴泽先生会在何时出击。

虽然智惠子听到消息说部队应该会转移到宫崎县都城，但特攻队的作战计划属于绝密级别，基地的具体位置原本就不公开。智惠子只能找到陆军机场一家一家问过去，她在都城的天空下一刻不停地赶着路。

智惠子说："天空碧蓝碧蓝的，飘着夏天那种大团大团的积雨云。宫崎比东京热，鲜花开得正艳，百灵鸟在啼鸣。我不停地走，边走边想，明明这么和平，人为什么要打仗呢？"

寻寻觅觅抵达的终点是一片青草丰茂的滑行跑道——都城东机场。

终于可以见面了。然而，穴泽先生已经在两天前起飞出击⋯⋯

智惠子说："再也见不到了。一想到这个我就浑身脱力，一屁股坐在了地上。"

她回想着当时的情景，说不出话。

智惠子不可能知道，其实那时穴泽先生依然身在九州。为了等待合适的天气，他正在距离都城70公里、隔着一片鹿儿岛湾的知览基地待命。这座基地专为执行特攻任务秘密建造，"二战"结束前一直属于绝密信息。

二人擦身而过，实在太令人悲伤。

之后,4月12日,穴泽先生终于还是迎来了出击的日子。

得知真相

智惠子的房间,回响着落地钟"嘀嗒嘀嗒"的声音。

"请看吧。"她把一本笔记本放到我面前。

翻开发旧的封面,里面用透明胶粘着一张泛黄的便笺纸。旁边空白处,是智惠子的笔迹,写着"最后一封信"。当年智惠子回到东京后,仿佛是追赶着她的脚步一般,她在4月16日收到了穴泽先生的这封信。这是穴泽先生从知览出击的几个小时前写的。蓝色墨水,一笔一画,审慎而郑重。

> 你我合二人之力走到了这一步,可最终还是未能开花结果。
>
> 我虽然心怀希望,但心底的某个角落却是那般惶惶不安,担心错失时机,如今到底是成真了。
>
> 上月10日,我在心里描绘着那个期盼已久的日子,在池袋的车站与你惜别,之后局势急转直下。来了禁令,暂时不得与外界联系。兜兜转转换了好几处

地方，每天都忙忙碌碌。

然后终于，迎来了荣誉出击的日子。

想给你写信。

想写的话写也写不尽。

只是，我知道每一句都是在感恩你迄今为止给予我的那些深情厚谊，除此以外再无其他。尽管稀松平常的感谢远远不足以表达，可还是要说一声："谢谢。"

你不要活在过去。要拿出勇气忘记过去，找到未来。

现实世界已经不再有穴泽这个人。

我也考虑过，都到了这种时候该说些什么呢，我想试试稍微任性一下。

智惠子，我想见你，想和你说话，不需要理由。

祝你今后开朗豁达。

我也不会输，会豁达地笑着出征。

这是未婚夫写给她的遗书。

失去了穴泽先生的智惠子，之后却在一个意想不到的地方看见了他的容颜。

东京的轰炸越来越猛烈,智惠子决定到外地暂避,于是去了双亲所在的福冈县。因为要从山阳线换乘,她中途在小仓站下了车。

走过检票口附近时,她似乎感觉到了什么,两只脚钉在了原地。

"他"就在墙上。

智惠子说:"那里挂着一张裱在画框里的彩色海报。是利夫抬起手,望着天的样子,上面印着'紧跟神鹫的脚步'这几个字。这照片究竟是在哪里拍的?利夫人都死了,他们却还在利用他征召特攻队队员。"

然后,8月15日,智惠子在疏散地收听了玉音广播[1]。不久之后,她终于知道其实日本在中途岛海战时就已经落败。明明宣布说击沉了的美军"企业"号和"大黄蜂"号航母却都还在。

智惠子说:"利夫出击之后只过了短短四个月就战败了。利夫到底是为了什么而死的?早在4月份的时候,军方的干部们是不是就已经料到这一仗会输……"

---

1 也称"玉音放送"。1945年8月14日,日本天皇裕仁亲自宣读《终战诏书》并录音,向日本全国广播。这是天皇的声音第一次出现在公众广播中,故而被敬称为"玉音"。

告别的按键

我尽自己所能去智惠子提到的地方采访了一圈。

鹿儿岛县曾经建有知览基地的那片地方,如今已是一片农田。在樱花盛开的时节,我邀请智惠子一起去当地试拍了一段外景,可是电视也有电视的烦恼。麻烦就在于当年几乎没有留下任何影像资料。电视做现场直播可谓手到擒来,可如果要传达已经完结的事情,就非常棘手。我最终决定采用我极少采用的手法,新拍一段再现当年情景的短片。我物色了一处适合重拍战时场面的外景地,并敲定了扮演年轻时的智惠子的演员。我根据采访笔记写了一个剧本,手里拿着扩音器兼任导演。摄影师是多年来一起合作采访的搭档手冢昌人。他很喜欢电影,拍这些东西驾轻就熟。我们时而把摄像机架在起重机上,时而装在轨道上,开始了拍摄。

我找到了几张穴泽先生当年的黑白照片。其中有一张非常著名(见下页),是《每日新闻》的摄影师在知览基地拍的,记录下了特攻战机"隼"号起飞时的景象。战机自左向右横向占据画面,前面站着一排身穿水兵服和收口阔腿裤、扎着辫子的女学生。她们高高举起的手上握着小小的樱花枝,朝坐在驾驶席里的特攻队队员热烈挥舞。

照片上，打开"隼"号战机风挡、举起右手向少女们敬礼的人，正是穴泽先生。

距离太远，看不清表情。他究竟是怀着怎样的心情奔赴死地的？我很想听一听为他送行的女学生们的说法。

我打听到那批女学生中有一个人住在埼玉县，名叫永崎笙子。当时在知览基地，由住在附近的女学生照顾特攻队队员的生活起居。永崎女士说她负责照顾穴泽先生，帮他洗过衣服也补过袜子。

永崎女士回忆说："出击前一天晚上，我们在兵营里开了一场小小的送别会。穴泽先生他们在会上唱了一首

穴泽战机出击（照片由每日新闻社提供）

歌。我们也跟着一起边哭边唱。"

在木结构三角屋顶的兵营里，在垂荡着的裸露的灯泡下，流淌起了一首歌，就像在为第二天的出击而祷告。永崎女士拿出一册发旧的小笔记本给我看，上面抄写着歌词。铅笔写下的字迹，已经开始变淡：

> 看见了看见了　那椰树叶的阴影
> 美国佬的机动战队
> 蓝天突击　告别的按键
> 按下之后莞尔一笑　年轻的樱木
> 炸沉炸沉从天空炸沉
>
> 以身撞击如樱花散尽
> 地狱猫战机挡路快滚
> 目标航母若不能轰然一爆
> 大和男子英名不存
> 炸沉炸沉从天空炸沉……

这首歌的歌名叫《从天空炸沉》，我请永崎女士给我唱了一遍。或许因为是女声，与勇猛的歌词正相反，旋律听起来很有些寂寞的味道。

话说回来,歌词里那个"告别的按键"是指什么?

我心存疑问查了一下,得到的答案却是我从未想过的。

作战总部不允许特攻战机返航,但又想知道战果。据说当时会派一架被称为"掩护机"的飞机,负责护卫特攻战机,并见证其撞向敌舰。不仅如此,特攻队员本人在撞击时也会发出莫尔斯电码。他们一手握住操纵杆,一手按动用带子绑在膝盖上的电键。在打出"我将撞击敌舰"的密码之后,会一直"哔——"地按住按键不放。信号终止的瞬间,就是他们生命走到尽头的时刻。

所谓"告别的按键",是在汇报死亡与战果。

永崎女士回忆说:"穴泽少尉的飞机来到我面前时,我的腿一直在抖,只能拼了命地挥舞樱花,完全顾不上其他。穴泽少尉转过来对着我们,前后大概有三次,敬了礼。最后他扬了扬嘴角,微笑了一下。"

我脑中浮现起他出击前不久写下的那封遗书中的字句:

"我也不会输,会豁达地笑着出征。"

身为采访人,六十年后得知的事实如此沉重,让我说不出话,不由仰天悲叹。

重逢

据说，穴泽先生驾驶的"隼"号战机在上空盘旋了很大一圈，然后左右摇摆了三次机翼向送行的人告别。之后三架飞机组成一个编队，朝着开闻岳的方向越飞越小。

穴泽先生的战机后来情况如何，没有任何消息。我脑中闪过智惠子不经意间说过的一段话："飞到海上以后，听说也就再飞两个小时。应该就是飞直线朝冲绳那边过去的吧。在那段时间里，他到底是什么样的心情？又在想些什么呢？"

特攻战机有时会在半道上遭遇 F6F 地狱猫等战斗机，被对方击落。还有不少因为机械故障或者天气恶劣等因素，没有能够飞到冲绳。

只有一件事明确无误。

那就是穴泽先生，再也没有回来。

我得到消息，失去了主人的穴泽先生的军装被保存了下来。

穴泽先生出击时穿的是飞行服，他在出击前把军装等物品寄回了位于会津的父母家。这套军装正是智惠子在三重的酒店里唱着摇篮曲时，叠放在那里的那套。

我与智惠子一起，来到了陈列军装的地方。遗物被收存在展柜里。智惠子轻轻将手放到展柜上，保持着那个姿势一动不动。二人独处一室度过的那个夜晚，那套她终究没能如愿摸上一下的军装，如今穿越六十年的时光，就在这冷硬的玻璃板的另一边。她的背影太过凄凉，令人心酸。我找到工作人员说明了事情的来龙去脉，请求他们从展柜中取出了军装。

领口带着少尉衔军章的卡其色军装，被轻轻放到了智惠子的面前。

智惠子像个孩子似的瞪圆了眼睛，然后略有些慌张地合起手掌。她小心翼翼地伸出指尖，似乎有所顾虑，然而，距离一点一点在缩短。终于，触到了袖子……

那一刹那，仿佛被雷击中，她猛一下子将两只手插到平放着的军装下面，捧过来按压到胸前，抱得死死的。然后，就像要嗅闻他的味道一般，把脸埋进了他的衣服里。

没多久，如同大坝决堤，她呜咽起来，银灰色的头发颤抖个不停。

在未婚夫的指引下

智惠子说，她曾经在1988年4月踏上过告慰穴泽先生在天之灵的旅程。

智惠子选定的慰灵地，既不是知览也不是冲绳。而是在去往冲绳途中的鹿儿岛县冲永良部岛，距离那霸有150多公里。为什么要选在这里告慰亡灵？

智惠子说："我想挑一个没那么多游客，可以让我安安静静地祷告慰灵的地方，正思索着哪里合适的时候，大脑里突然就跳出了冲永良部岛的名字。从这座岛上可以望到东海，在利夫的忌日应该可以安静地拜祭他一下，总觉得有什么东西在引我去那里。"

忌日当天，智惠子在岛的西岸面朝广阔的东海合掌祭祷。

穴泽先生的战机去了冲绳的方向，踏上了不归的旅途。之后发生了什么，难道就永远不得而知了吗？

国家在战时出于自己的需要宣布"连战告捷"，谎话连篇。而一旦战败，又因为顾虑要被入驻接管的美军审查，把特攻相关的资料几乎全部销毁。

接连两次，国家从国民手中夺走了真相。

可是，难道就没有什么记录留存下来吗？我这人素来不到黄河心不死，于是决定把1945年4月12日那天实施特攻攻击的资料尽最大可能地调查一遍。

根据送行的永崎女士的说法，穴泽先生的战机在下午 4 点前后起飞。

在采访过程中，我找到了当时特攻攻击用的飞行地图，上面标示的航线是从知览基地出发，经过奄美群岛，飞往冲绳名护方向的。在越过开闻岳附近后，用线划定的航线分成两条，一条取道草垣岛（草垣群岛），一条取道黑岛。应该是根据当天的天气和云层状况改变了航线。两条航线在越过奄美大岛和德之岛西侧后会合，延伸向冲绳。无论选择哪一条，距离都是 600 公里左右。空白处标注着"隼"号战机时速 280 公里，飞行时间 2 小时 4 分钟。

如果穴泽先生一直飞到了冲绳，抵达时间应该是在傍晚 6 点前后。

他人生最后的两个小时，也是自己将自己引向死亡的两个小时。在那两个小时里，他手里握着操纵杆，心里究竟在想些什么呢？

随着采访不断深入，我找到了当时的防卫厅保存的第六航空军司令部的一些旧资料。设立第六航空军的公文签发于 1945 年 3 月 19 日，专为本土决战而设。换句话说，就是专门为特攻而组建的。翻开题有"军功表彰录"几个墨书字样的封面，里面写着"穴泽利夫"的名字。

据资料记载，在 4 月 12 日的攻击中，美军军舰燃起了"火柱"。不知道这是不是"掩护机"发回的报告。再看别的资料，可以确认当天傍晚，在冲绳附近遭到攻击的军舰是大型驱逐舰，但具体位置依然不明。而且，考虑到这可能也是大本营发布的消息，不可全信。

至此，调查遇到了瓶颈。

一段时间过后，我成功找到了美军的记录。和日本不同，美国留存下了相当数量的战争期间的资料。而且作为"遭受"攻击的一方，美国的数据和"战果报告"不同，可信度更高。那一天，在特攻战机的航线上遭到攻击的美国驱逐舰一共有两艘，"珀迪"号和"卡森·杨"号。两艘军舰遭受攻击时离得很近。当时的位置准确地记录在案：北纬27度16分到17分，东经127度50分。

北纬刻度不定，应该是因为驱逐舰仍在航行。我摊开海图定位经纬度，手指越过冲绳本岛略微北上。

当我把数字替换成地图上的定位时，不禁为之战栗。

怎么可能？

那处地点，就位于智惠子受到指引般前往的冲永良部岛的附近。她在西岸合掌慰灵时面朝东海，正对着那个地方。

我还找到了另一张穴泽先生在出击前拍摄的照片。黄褐色的相纸上，显现出的是聚集在飞行跑道边的九名男飞行员。都是背影，头上绑着白布条。护目镜被推到了头顶，还有人左手握着日本刀。这些即将奔赴死地的男人，背影看上去似乎升腾着一股杀气。

每一个人，衣领后面都露出一小截白色围巾。左起第二人，围巾后面鼓鼓囊囊。这个人就是穴泽先生。

"这条围巾，是我拥有的东西里唯一一件你用过的。感念至深，时时戴于颈间，爱不释手……"

曾有一位少尉戴着女人用的围巾撞向了敌舰……

生命的最后一刻，他选择了与智惠子一起度过。

◆ ◆ ◆

2013年5月，伊达智惠子进入了永恒的安眠，享年89岁。

我相信，她现在一定在某个地方与穴泽先生相依相伴。

那之后，鹿儿岛读卖电视台的大竹山章，就是把智惠子的故事说给我听的那个人，也在第二年2月像要追随智惠子的脚步一般与世长辞。大竹先生是一位优秀的电视媒体人，一位值得尊敬的"热血男儿"。

在此，谨愿逝者安享冥福。

［这个故事被拍摄成NHK纪录片《未婚夫的遗书——

超越六十年时光的爱恋》,于 2005 年 12 月播出。其后,在《二十四小时电视》节目中再度被拍成短片,并被改编成漫画《情书》(濑尾公治,讲谈社)。]

后记

现在回过头看,我确实从事了"报道"这份工作相当长的时间。虽然供职的媒体有所变化,但奔赴事件现场、尽可能接近"事实"的信念,从立志进入这个行业的那一刻起就没改变过。我始终相信,传播正确的信息才是报道的命脉。

在杂志社做记者时,曾有一位前辈教给我这样一句话:"采访一百只能写十。只知道十就别写超过一。"

他想说的应该是,包括事件背景在内,需要进行充分的调查,有了足够的自信再写成报道。新闻记者有一条守则:"采访十而写一。"这可谓是这一守则的放大版。也不知道是幸还是不幸,因为我从一开始就只知道要"采访一百",所以一贯都以此为基准,勤勤恳恳、一丝不苟。

结果不知不觉间,我的那些报道被冠上了"调查报道"的名字。

其实我自己对"调查报道"这个类别并没有什么特别的执念。我不过是抱着一颗平常心谨慎地进行采访,对于准备报道的内容想要比谁都了解得更多而已。当然,在精细程度方面我不可能和专家等专业人士相比。不过在对整体情况的把握上,我希望力保万无一失。如果没有尽最大努力采访调查,确定安全边际,我恐怕也不可能提出质疑说"这不合理"。如果采访工作敷衍了事,那根本连什么是"巨大的声音"都分辨不出,更不可能注意到还有一些地方存在着"弱小的声音",最后只能草草收场。其实正因为是"调查报道",才需要进行严格的"危机管理"。

◆◆◆

在第十二章里,我写到了战争期间的报道。正是在那些权力开始暴走的时候,媒体才必须对其进行遏制。在上一场大战中,按理说我们应该已经得到了教训。"二战"后,我们制定了新的宪法,努力实现新闻自由。可是现在,情况难道不是又变得岌岌可危了吗?

正因为到了这样的关头，我们必须再度追问报道的使命何在。必须把这个国家幕后发生的种种，正确地告诉给国民。

人要做出正确的判断，必须先获取高精度的信息，然后对其进行分析，最后再判定是"正确"还是"不合理"。

我每次前往现场，都会一遍又一遍有意识地重复"采访、分析、判断"这三个步骤。对我来说，这三个关键词极为重要，必须逐一确认，有时我甚至会在现场自言自语地重复这三个词。

◆ ◆ ◆

迄今为止，我总是尽可能地在所写的书和报道里给出采访的幕后情况和前因后果。在不违反采访信息源保密和匿名报道守则的情况下，我基本都会写清楚用了什么方法寻找采访对象，以及进行了什么样的采访。

这么做自然是为了保障信息的可信度。同时，我还有另一层目的，希望这些采访过程能给年轻的记者们提供一些参考。这本书既写了很小的事件，也写了大型策划报道。我写作本书，不仅仅是为了那些立志投身新闻行业的人，也希望能有更多的读者阅读，给大家带来一些启发。

这是我第一次出版时事评论类书籍，得到了新潮社金寿焕先生的大力协助，在此谨致以由衷的感谢。

最后，也向书中提到的诸多事件的相关人士，以及为我的采访工作提供过协助的诸位人士，致以深深的谢意。同时，也向那些遗憾与世长辞的故人致以沉痛的悼念，谨愿逝者安息。

2015 年 6 月
清水洁

明室
Lucida

照亮阅读的人

主　　编　陈希颖
副 主 编　赵　磊
策划编辑　陈希颖
特约编辑　刘麦琪
营销编辑　崔晓敏　张晓恒　刘鼎钰
设计总监　山　川
装帧设计　曾艺豪 @ 大撒步
责任印制　耿云龙
内文制作　丝　工

版权咨询、商务合作：contact@lucidabooks.com

上海光之室文化传播有限公司　　Shanghai Lucidabooks Co., Ltd.